Learn Esperanto with Time Travel Stories

Esperanto A2 Reader

Brian Smith

La Tempoglobo

1. Granda Malkovro

Iam estis inteligenta instruistino nomata Liz. Ŝi laboris en granda, tre okupata laboratorio ĉe giganta lernejo. La muroj estis blankaj, kaj la ĉambro estis plena de amuzaj maŝinoj, kiuj pepis kaj blinkis.

Iun tagon, dum Liz laboris, ŝi trovis ion tre strangan. Ŝi rigardis sian komputilon, kiam ŝi rimarkis sian plumon moviĝantan tute sola. Ĝi forglitis kaj poste revenis. Sed nun ĝi aspektis malnova, kvazaŭ ĝi estus for de longa tempo.

"Kiel strange!" diris Liz.

Ŝi pensis profunde pri tio, kio povus esti okazinta. Poste ŝi ekhavis ideon.

"Mi povus konstrui tempomaŝinon!" ŝi diris al si mem.

Liz laboris tage kaj nokte. Ŝi uzis sian komputilon, kelkajn dratojn, kaj grandan rondan globon. Post multe da laboro, ŝi kreis ion novan. Ĝi estis ŝia tempomaŝino, kiun ŝi nomis "Tempoglobo."

"Ho! Ĝi estas finita!" Liz diris, ridetante al la Tempoglobo.

Ŝi volis vidi, ĉu ĝi funkcias. Do ŝi prenis freŝan, verdan pomon kaj metis ĝin en la Tempoglobon. Ŝi premis butonon kaj... ZAP! La pomo ne plu estis verda. Ĝi fariĝis bruna kaj mola.

"Ĝi estas malnova!" diris Liz. "Mia Tempoglobo funkcias!"

Liz havis amikon nomatan Mike. Ankaŭ li estis instruisto ĉe la granda lernejo. Mike eniris la laboratorion kaj vidis la malnovan pomon.

"Kio okazis al tiu pomo?" li demandis.

"Mi kreis tempomaŝinon. Ĝi nomiĝas Tempoglobo. Ĝi povas igi objektojn iri reen en la tempo aŭ antaŭen en la tempo. La pomo iris antaŭen en la tempo kaj maljuniĝis rapide," Liz klarigis al li.

Mike rigardis la Tempoglobon kun larĝe malfermitaj okuloj.

"Estu singarda!" li diris al Liz. "Tempo estas komplika afero. Reiri en la tempon povas esti danĝere."

Liz kapjesis. "Mi scias, Mike. Sed mi devas provi. Mi volas vidi, kio okazis antaŭ 100 jaroj."

Mike ne estis tute certa. "Ĉu vi vere pensas, ke tio estas bona ideo?" li demandis.

"Jes, mi estas certa," diris Liz.

Ŝi agordis la Tempoglobon por vojaĝi 100 jarojn reen. Ŝi sentis sin iom timigita, sed ankaŭ tre ekscitita.

"Jen mi iras!" ŝi diris.

Ŝi eniris en la Tempoglobon kaj premis la butonon. Estis granda fulmo de lumo.

Kaj poste, ĉio ŝanĝiĝis.

1. Agordis - Adjusted
2. Amuzaj - Amusing
3. Aspektis - Looked like
4. Blinkis - Blinked
5. Butonon - Button
6. Eniris - Entered
7. Estis - Was/Were
8. Freŝan - Fresh
9. Laboratorio - Laboratory
10. Malkovro - Discovery
11. Maŝinoj - Machines
12. Muroj - Walls
13. Pipis - Beeped
14. Pripensis - Thought deeply
15. Stranga - Strange

2. La Unua Vojaĝo

Liz staris ene de la Tempoglobo kun rapide batanta koro. Ŝi premis la grandan ruĝan butonon, kaj subite, koloroj ekdancis ĉirkaŭ ŝi. Helaj bluoj, verdoj, kaj ruĝoj brilegis kiel rapide moviĝanta ĉielarko.

"Ho, ve!" ŝi diris kun larĝe malfermitaj okuloj.

Kiam la koloroj haltis, Liz elpaŝis. Ŝi ne plu estis en sia laboratorio. Ŝi troviĝis en loko kun malnovaj domoj, ĉevaloj kaj ĉaroj, kaj homoj vestitaj en malnovaj vestaĵoj.

"Ĉi tio estas la pasinteco!" Liz diris al si mem.

Liz paŝis laŭ la pavimita strato, rigardante ĉirkaŭen. Ŝi vidis viron kun afabla vizaĝo kaj atentemaj okuloj. Li portis ĉapelon kaj mantelon, kiel en malnovaj filmoj.

"Saluton," diris la viro. "Mi nomiĝas James. Vi ŝajnas perdita. Ĉu mi povas helpi vin?"

"Saluton, James. Mi nomiĝas Liz," ŝi respondis. "Mi venis el Usono. Mi nur esploras la ĉirkaŭaĵon."

James ridetis. "Bonvenon al Anglio, Liz. Kio alportis vin ĉi tien?"

Liz ne sciis kion respondi. Ŝi ne povis rakonti al li pri la Tempoglobo.

"Mi ŝatas malnovajn aĵojn," ŝi rapide respondis.

"Mi ankaŭ!" diris James. "Mi amas malnovajn librojn. Ĉu vi ŝatus vidi kelkajn?"

Liz kapjesis. "Jes, volonte!"

James kondukis ŝin al eta vendejo plena de malnovaj libroj. La libroj estis polvaj, kaj la aero havis odoraĵon de malnova papero.

"Ĉi tiuj libroj estas tre malnovaj," rimarkis Liz, rigardante ĉirkaŭen.

"Jes," diris James. "Mi ofte venas ĉi tien. Mi amas lerni."

Liz kaj James kune esploris la librojn, interparolante kaj ridante. Liz sentis sin feliĉa.

"Ĉu vi iros al la prelego hodiaŭ?" demandis James. "Tre lerta viro parolos pri scienco."

La okuloj de Liz ekbrilis. "Scienco? Mi adoras sciencon! Ĉu ni povas iri?"

"Kompreneble," diris James kun rideto.

Ili iris al la prelego. La ĉambro estis plena de homoj. La lerta viro parolis pri temoj, kiujn Liz jam konis el sia propra tempo, sed kiuj estis novaj ideoj tiutempe.

Liz pensis pri la Tempoglobo. Ŝi devos krei novan por reveni al sia tempo.

"Ĉu vi ĝuis la prelegon?" poste demandis James.

"Jes," diris Liz. "Sed mi havas multon por pripensi."

James rigardis ŝin. "Vi estas tre inteligenta, Liz. Mi ĝuas paroli kun vi."

"Mi ankaŭ ĝuas paroli kun vi, James," diris Liz, sentante sin iomete embarasita.

Ili ne rimarkis viron en angulo, kiu observis ilin. Li sekvis Liz kaj notis ion en malgranda kajero.

Liz kaj James adiaŭis unu la alian. Liz sentis malĝojon forlasi James. Ŝi devis trovi vojon reen al sia tempo, sed ŝi ankaŭ ĝuis esti kun James.

"Estu singarda, Liz," diris James. "Mi esperas revidi vin."

"Ankaŭ mi esperas," diris Liz.

Dum Liz foriris, ŝi ne rimarkis la viron, kiu sekvis ŝin. Kiu li estis? Kion li volis? Ŝi devis esti singarda. Sed unue, ŝi devis krei novan Tempoglobon.

1. Afabla - Kind
2. Aspektas - Appears

3. Bateganta - Thumping
4. Brilegis - Flashed
5. Ĉielarko - Rainbow
6. Ĉevaloj - Horses
7. Ĉi - This/Here
8. Ĉaroj - Carts
9. Ĉambro - Room
10. Forlasi - To leave
11. Inteligentaj - Intelligent
12. Malnovaj - Old
13. Marŝis - Walked
14. Pavimita - Paved
15. Perdita - Lost

3. Sekretoj kaj Problemoj

Liz jam estis en la pasinteco de kelkaj tagoj, kaj ŝi trovis ĝin tre interesa. Ŝi renkontiĝis kun James ĉiutage, kaj ili parolis pri scienco kaj pri kiel aferoj funkcias.

"James, ĉu vi povus helpi min pri io?" Liz demandis unu tagon. "Ĝi rilatas al scienco."

"Komprenele, Liz," James respondis. "Mi volonte helpos vin."

Kune, ili iris al la domo de James, kiu estis plena je libroj kaj strangaj metalaj aĵoj. Liz sentis sin iom timigita. Ŝi sciis, ke ŝi devas esti singarda por ne ŝanĝi historion per tio, kion ŝi sciis el la estonteco.

Dum ili laboris, Liz ne povis ĉesi pensi pri la viro, kiu sekvis ŝin. Kiu li estis?

Iun tagon, dum Liz kaj James serĉis partojn por konstrui novan Tempoglobon, la viro alproksimiĝis al ili.

"Saluton," li diris. "Mia nomo estas Edward. Mi bezonas paroli kun vi, Liz."

Liz sentis sin maltrankvila. "Kiel vi scias mian nomon?" ŝi demandis.

"Mi apartenas al grupo," diris Edward. "Ni zorgas pri la sekureco de la tempo. Ni observas aferojn, kiuj ne devus okazi, kiel ekzemple iu el la estonteco venanta ĉi tien."

Nun Liz sentis sin eĉ pli maltrankvila. Ŝi ne volis kaŭzi problemojn en la tempo.

"Mi ne estas ĉi tie por ŝanĝi ion," diris Liz. "Mi nur volas reveni hejmen."

"La aferoj, kiujn vi faras ĉi tie, povus ŝanĝi historion," diris Edward. "Ni ne povas permesi, ke tio okazu."

Liz rigardis James. Ŝi devis fidi lin nun. "James, mi havas ion gravan por diri al vi," ŝi diris. "Mi venas el la estonteco."

James aspektis surprizita. "El la estonteco? Ĉu vere? Kiel?"

Liz rakontis al James pri la Tempoglobo kaj kiel ŝi venis ĉi tien.

"Ni devas esti singardaj," diris James. "Se ĉi tiu grupo observas, ni devas labori sekrete."

Liz kaj James komencis serĉi partojn por la nova Tempoglobo. Ili traserĉis malnovajn vendejojn kaj demandis homojn, kiujn ili konis. Estis malfacila laboro, sed ili trovis kelkajn aĵojn, kiujn ili povus uzi.

Sed tiam, unu tagon, ili revenis al la domo de James kaj trovis ĉion, pri kio ili laboris, rompita.

"Ho ne!" kriis Liz. "Ĉiu nia laboro estas detruita!"

"Estas la grupo," diris James. "Ili volas haltigi vin."

Liz sentis sin malĝoja kaj kolera. "Mi nur volas reveni hejmen," ŝi diris. "Mi ne volas ŝanĝi historion."

"Ni provos denove," diris James. "Ni estos pli singardaj. Mi helpos vin, Liz. Ni kune konstruos novan Tempoglobon."

Liz sentis sin pli bone pro la helpo de James. Ili komencis denove, laborante nokte kaj sekrete. Sed Liz sciis, ke la grupo provos denove haltigi ŝin. Ŝi devis esti tre singarda.

Edward, la viro el la grupo, observis Liz kaj James. Li sciis, ke ili provos denove. Li devis haltigi ilin, por gardi la tempon sekura.

Sed Liz estis inteligenta, kaj James apogis ŝin. Ili ne facile rezignos. Ili volis fini la novan Tempoglobon, malgraŭ ĉio, kion la grupo faris por haltigi ilin.

1. Apartenas - Belongs
2. Aŭdas - Hears
3. Ĉiutage - Daily
4. Demandis - Asked
5. Estas - Is/Are
6. Gardas - Protects/Guards
7. Grupa - Group
8. Interesa - Interesting
9. Konstrui - To Build
10. Laboro - Work
11. Maltrankvila - Worried
12. Observas - Observes/Watches
13. Partoj - Parts
14. Reveni - To Return
15. Sekreta - Secret

4. Veturado kontraŭ Tempo

Liz kaj James sciis, ke ili devas labori tre rapide. La grupo, al kiu Edward apartenis, ankoraŭ estis granda minaco. Ili volis malhelpi Liz reveni al sia tempo.

"Ni devas rapidi, James," diris Liz. "La grupo ne atendos."

"Vi pravas, Liz," konsentis James. "Ni havas multon por fari."

Liz utiligis sian konon el la estonteco por fari planon. Ŝi skribis la necesaĵojn kaj zorge pripensis, kie trovi ĉion.

"Ni povus iri al la granda festo ĉi-nokte," proponis James. "Tie estos multaj aferoj, kiuj povus esti utilaj."

"Tio estas bona ideo," diris Liz. "Ni faru tion."

Ĉe la granda festo, estis multaj homoj. Ili portis luksajn vestojn kaj grandajn ĉapelojn. Liz kaj James esploris la lokon. Ili vidis ion, kion ili bezonis por la Tempoglobo.

"Tie," flustris Liz. "Ni povas preni ĝin, kiam neniu rigardas."

Ili atendis la ĝustan momenton. Poste, ili prenis tion, kion ili bezonis, kaj komencis foriri. Sed Edward kaj lia grupo rimarkis ilin.

"Jen ili!" kriis Edward.

Liz kaj James ekkuris. Ili kuris tra la festo kaj eliris en la straton. La grupo estis tuj malantaŭ ili.

"Rapide, ĉi-tien!" diris virino, kiu staris ĉe pordo.

Liz kaj James kuris al ŝi. La virino lasis ilin eniri kaj rapide fermis la pordon. Ili aŭdis la grupon ekstere, serĉante ilin.

"Dankon," diris Liz al la virino. "Vi savis nin."

La virino ridetis. "Mi konas tiun grupon. Mi ne aprobas tion, kion ili faras. Mia nomo estas Mary."

Liz kaj James rakontis al Mary pri la Tempoglobo. Ŝi aŭskultis kaj kapjesis.

"Mi povas helpi vin," diris Mary. "Sed vi bezonas ankoraŭ unu aferon, ĉu ne?"

"Jes," diris Liz. "Nur unu plian aĵon."

Mary sciis, kie trovi ĝin. Ŝi informis Liz kaj James pri loko, kie ili povus serĉi.

"Ĉu ni povas fidi ŝin, Liz?" demandis James, kiam Mary forlasis la ĉambron.

"Mi ne scias," diris Liz. "Sed ni ne havas multajn elektojn. Ni bezonas ŝian helpon."

Liz ne estis certa, ĉu ŝi povis fidi Mary. Sed ili bezonis la lastan parton por la Tempoglobo. Liz devis riski.

Mary revenis kun iom da manĝaĵo. "Manĝu," ŝi diris. "Vi bezonas esti fortaj por fini vian laboron."

Liz kaj James manĝis. Ili estis laciĝintaj, sed ili devis daŭrigi. Ili devis fini la Tempoglobon antaŭ ol la grupo povus haltigi ilin. Estis vetkuro kontraŭ tempo, kaj ili devis venki.

1. Aferoj - Things
2. Apartenis - Belonged
3. Atendos - Will wait
4. Ĉi-nokte - Tonight
5. Daŭrigi - To continue
6. Estis - Was/Were
7. Fari - To make
8. Festo - Party
9. Flustris - Whispered
10. Fortaj - Strong
11. Haltigi - To stop
12. Konsentis - Agreed
13. Laciĝintaj - Tired
14. Malsupren - Down
15. Pensas - Thinks

5. La Granda Ŝtelo

Liz kaj James preskaŭ havis ĉiujn partojn por la Tempoglobo, sed ili ankoraŭ bezonis unu tre gravan elementon.

"Ni devas eniri tiun grandan konstruaĵon tie," montris Liz. "La lasta parto, kiun ni bezonas, estas interne."

"Estos malfacile," diris James, "sed ni devas provi."

Ili planis eniri nerimarkite. Estis mallume kiam ili alvenis al la granda konstruaĵo, kaj ili moviĝis tre silente.

"Ni ne volas vundi iun," flustris Liz.

"Ne, ni nur prenos tion, kion ni bezonas, kaj foriros," konsentis James.

Ili trovis la bezonatan objekton. Liz zorge prenis ĝin.

"Jen ĝi," ŝi diris.

Ĝuste tiam, alarmo komencis laŭte soni. "Bip! Bip! Bip!"

"Ho ne!" diris Liz. "Ni devas kuri!"

Ili rapide forkuris el la konstruaĵo, sed Edward kaj lia grupo atendis ekstere.

"Haltu!" kriis Edward.

James rapide ekpensis kaj rimarkis vojon por eskapi. "Ĉi tien!" li diris al Liz.

Ili kuris malsupren tra mallarĝa strato, rapidegante, sed la grupo estis proksime malantaŭ ili.

"Daŭrigu!" instigis James.

Liz estis timigita, sed ŝi kuris tiel rapide kiel ŝi povis. Fine, ili sukcesis perdi la grupon. Ili estis sekuraj, almenaŭ por nun.

"Ni sukcesis," diris Liz. "Nun ni povas fini la Tempoglobon."

"Jes," diris James. "Ni iru."

Ili laboris tutan nokton, kaj fine, la Tempoglobo estis preta.

"Ĝi estas finita," diris Liz. "Nun mi povas reveni hejmen."

"Vi devas iri, Liz," diris James. "Revenu hejmen kaj restu sekura."

Liz rigardis James. Ŝi ne volis forlasi lin, sed ŝi sciis, ke ŝi devas iri.

"Dankon, James," ŝi diris. "Por ĉio."

Ili rigardis unu la alian dum momento. Poste Liz eniris en la Tempoglobon kaj lastfoje rigardis James.

"Ĝis revido," ŝi diris.

"Ĝis revido, Liz," diris James.

Poste Liz premis la butonon, kaj la Tempoglobo ekfunkciis. Ŝi estis survoje hejmen.

1. Aferon - Thing
2. Alvenis - Arrived
3. Atendis - Waited
4. Eskapi - To escape
5. Estas - Is/Are
6. Forkuris - Ran away
7. Granda - Big
8. Grupo - Group
9. Konsentis - Agreed
10. Konstruaĵon - Building
11. Kuris - Ran
12. Mallarĝa - Narrow
13. Mallume - Dark
14. Montris - Pointed out
15. Revenanta – Returning

6. Reveno Hejmen

Liz staris apud la Tempoglobo, kun James ĉe ŝia flanko. Ili estis pretaj adiaŭi.

"Ĉu vi estas preta, Liz?" demandis James, lia voĉo miksanta malĝojon kaj esperon.

"Jes, James. Mi estas preta reveni hejmen," respondis Liz, penante rideti.

Ambaŭ rigardis la Tempoglobon. Estis tempo ŝalti ĝin. Liz profunde enspiris kaj premis la butonon. La maŝino komencis zumi.

"Ĝis revido, Liz," diris James. "Mi neniam forgesos vin."

"Ĝis revido, James. Dankon pro via tuta helpo," respondis Liz.

Subite, la pordo kraŝe malfermiĝis. Estis Edward kaj lia grupo!

"Haltu!" kriis Edward. "Vi ne rajtas foriri!"

Liz kaj James ektimis, sed ili sciis, ke ili devas kontraŭstari. Ili puŝis kaj kuris tra la ĉambro, provante eviti la grupon.

"Iru, Liz! Mi retenos ilin!" kriis James.

Liz ne volis forlasi James, sed ŝi sciis, ke ŝi devas. Ŝi kuris al la Tempoglobo.

"Estu sekura, James!" ŝi kriis.

James batalis kontraŭ la grupo, malhelpante ilin atingi Liz. Ŝi premis alian butonon, kaj la Tempoglobo ekbrilis per koloroj.

Subite, Liz ekflugis tra la tempo. Ŝi vidis jarojn post jaroj pasi en nebulo de lumo kaj sono.

Tiam, bango! Ŝi estis reen en sia laboratorio. Liz ĉirkaŭrigardis. Ŝi estis hejme.

Sed kelkaj aferoj en ŝia laboratorio ŝajnis malsamaj. Estis novaj libroj sur la bretoj kaj strangaj iloj.

Liz rimarkis libron. Ĝi havis la nomon de James sur ĝi! Li fariĝis granda figuro en la scienca mondo, eĉ sen ŝi.

Ŝi ridetis. James sukcesis, kaj li faris gravan kontribuon al scienco.

Liz sciis, ke ŝi devas kaŝi la Tempoglobon. Neniu alia rajtas vojaĝi tra la tempo. Estis tro danĝere.

Ŝi trovis bonan kaŝejon en la laboratorio kaj metis la Tempoglobon tie. Ŝi rigardis ĝin unu lastan fojon.

"Vi plenumis vian taskon," diris Liz al la Tempoglobo. "Nun estas tempo por ripozi."

Liz forlasis la laboratorion, pensante pri ĉio, kio okazis. Ŝi estis reveninta hejmen, sed ŝi ĉiam memoros sian tempon kun James kaj la aventuron, kiun ili travivis kune.

1. Aferoj - Things
2. Atingado - Reaching

3. Aventuron - Adventure
4. Batali - To fight
5. Bango - Bang
6. Bretoj - Shelves
7. Ekkriis - Exclaimed
8. Enspiris - Breathed in
9. Eviti - To avoid
10. Flugis - Flew
11. Forlasis - Left
12. Kraŝe - Crashingly
13. Lumis - Lit up
14. Nebulo - Blur
15. Zumantan - Whirring

7. Reen Hejme

Liz estis reen en sia laboratorio, sentante sin iom malĝoja sed preta por laboregi. Ŝi havis multon por verki post sia mirinda vojaĝo tra la tempo.

"Mi devas skribi ĉion," ŝi diris al si mem.

Ŝi verkis pri la scienco, kiun ŝi lernis, kaj pri la aferoj, kiujn ŝi vidis. Homoj en la lernejo estis mirigitaj.

"Kiel vi scias ĉion ĉi, Liz?" ili demandis.

Liz nur ridetis. "Mi legis multajn librojn," ŝi respondis.

Dum ŝi laboris, Liz rimarkis malgrandajn novajn aferojn ĉirkaŭ si. La mondo iom ŝanĝiĝis pro la agoj de James en la pasinteco.

Iun tagon, Liz trovis noton sur sia skribotablo. Ĝi estis de sekreta persono.

"Dankon pro via helpo," diris la noto. Liz ridetis. Ŝi suspektis, ke ĝi estis de James.

Ŝi ofte pensis pri la pasinteco kaj sia tempo kun James. Ĝi igis ŝin rideti, sed ankaŭ senti iom da malĝojo.

Iun tagon, juna studento venis vidi Liz. Li bezonis helpon kun sia scienca laboro.

"Ĉu vi povas helpi min, fraŭlino Liz?" demandis la studento.

"Kompreneble," diris Liz. Ŝi ĉiam helpis siajn studentojn.

Dum ŝi helpis lin, ŝi pensis pri James. Ŝi decidis fari ion specialan.

"Mi kreos premion," ŝi diris. "La James-Premion, por la plej bona scienca studento."

Liz laboris pri la premio kaj rakontis pri ĝi al ĉiuj. Ĉiuj ŝatis la ideon.

Foje, Liz rigardis desegnaĵon de James, kiun ili faris kune.

"Vi faris grandajn aferojn, James," diris Liz al la desegnaĵo.

Ŝi maltrafis James, sed ŝi havis siajn memorojn. Kaj per la premio, lia nomo daŭros vivi.

Liz estis feliĉa. Ŝi travivis nekredeblan aventuron kaj iom ŝanĝis la mondon. Ŝi kaŝis la Tempoglobon, nur por ĉiaokazo. Sed nun, ŝi estis kontenta simple esti instruistino kaj helpi siajn studentojn.

1. Aferojn - Things
2. Aventuron - Adventure
3. Ĉiam - Always
4. Desegnaĵo - Drawing
5. Helpante - Helping
6. Instruistino - Teacher
7. Laboratorio - Laboratory
8. Malĝoja - Sad
9. Memorojn - Memories
10. Mirinda - Wonderful
11. Nevidebla - Invisible
12. Premio - Prize
13. Rideti - To smile
14. Skribi - To write
15. Vojaĝo - Journey

La Sekreto de S-ro Wells

1. La Tempo-Maŝino

En 1890, en malgranda domo en Londono, sinjoro Wells havis grandan sekreton. En sia domo, li konstruis tempomaŝinon. Ĝi estis granda metalaĵo kun multaj butonoj kaj leviloj.

Sinjoro Wells estis inteligenta viro. Li portis grandajn okulvitrojn kaj ĉiam havis malordajn harojn. Li ŝatis krei novajn aferojn, kaj la tempomaŝino estis lia plej granda kreado ĝis nun.

Li decidis testi sian tempomaŝinon en sia malantaŭa ĝardeno. Estis nokto, kaj la luno brilis. La najbaroj dormis, tute nekonsciaj pri la sekreta maŝino de sinjoro Wells.

Sinjoro Wells rigardis sian tempomaŝinon. Lia koro batis rapide. Li estis ekscitita kaj iomete timigita. "Ĉu ĝi estas sekura?" li demandis sin. "Kio se mi finos en stranga loko?"

Sed sinjoro Wells estis ankaŭ kuraĝa. Li agordis la daton al 2024 en la tempomaŝino. Tio estis pli ol 100 jarojn en la estonteco! "Jen mi iras," diris sinjoro Wells. Li profunde enspiris kaj tiris la grandan levilon.

La tempomaŝino faris laŭtan bruon. BANG! WHIR! BEEP! Ĝi komencis skui. Sinjoro Wells firme tenis sin. La lumoj sur la maŝino ekbrilis en bluaj, ruĝaj, verdaj, kaj flavaj nuancoj.

La ĝardeno ĉirkaŭ li komencis malaperi. Arboj, floroj, la barilo — ĉio malaperis. Sinjoro Wells sentis sin tre vertiĝa. Lia kapo turniĝis kaj turniĝis. "Whoosh!" iris la tempomaŝino. Estis kiel tre rapida karuselo.

Tiam, BANG! La tempomaŝino haltis. Sinjoro Wells malfermis siajn okulojn. "Ĉu mi ankoraŭ estas ĉi tie?" li demandis sin. Li rigardis ĉirkaŭe. "Ho mia!" li ekkriis.

Li ankoraŭ estis en Londono, sed ne en sia Londono. Altaj konstruaĵoj kun vitraj fasadoj staris ĉirkaŭe. Aŭtoj sen radoj flugis en la ĉielo. Homoj preterpasis kun aparatoj sur siaj pojnoj, parolante al ili.

Sinjoro Wells elpaŝis el sia maŝino. Liaj kruroj sentiĝis kiel ĵeleo. "Bonvenon al Londono, 2024," diris voĉo de ekrano sur granda muro. Sinjoro Wells ne povis kredi ĝin. "Mi sukcesis! Mi vojaĝis tra la tempo!" li diris.

Sed ĉi tiu nova mondo estis tre malsama. Kaj sinjoro Wells ne sciis, ĉu li estas preta por ĝi. "Kiajn aventurojn mi havos ĉi tie?" li demandis sin. "Kaj kiel mi revenos hejmen?"

La tempomaŝino estis lia vojo reen, sed nun sinjoro Wells estis en la estonteco, preta aŭ ne. Li faris siajn unuajn paŝojn en Londono, 2024. Estis la plej granda aventuro de lia vivo.

1. aventuro - adventure
2. batadi - to beat (as in heartbeat)
3. brili - to shine
4. ĝardeno - garden
5. ĵeleo - jelly
6. konstruaĵo - building
7. kuraĝa - brave
8. levilo - lever
9. luno - moon
10. malantaŭa - back, rear
11. malordaj - messy
12. najbaro - neighbor
13. pojno - wrist
14. sekreto - secret
15. vertiĝo - dizziness

2. La Nova Mondo

Sinjoro Wells paŝis el sia tempomaŝino. La loko estis plena de bruo kaj rapideco. Ĉie, kien li rigardis, staris altaj konstruaĵoj kun lumoj briletantaj kiel steloj.

Li rigardis supren. Aŭtoj flugis en la ĉielo! "Kiel povas aŭtoj flugi?" li pensis.

Homoj rapidis preter li, portante vestojn, kiuj brilis, kaj ŝuojn kun lumoj. Kaj ĉiuj parolis al siaj horloĝoj!

Sinjoro Wells sentis kvazaŭ li estis en songo. Li staris meze de ĉio, sentante sin perdita sed ankaŭ plena de miro.

Granda ekrano sur la strato montris mesaĝon: "Bonvenon al Londono, 2024."

"Dankon," diris sinjoro Wells al la ekrano. Li ne sciis ĉu li devus paroli al ĝi, sed ŝajnis la ĝentila afero farenda.

Li vidis grandan ruĝan buson. Ĝi aspektis kiel la busoj en lia tempo, sed ĉi tiu flugis en la aero!

"Pardonu min," li diris al sinjorino preteriranta. "Kiel flugas tiu buso?"

Ŝi ne haltis. Ŝi rigardis sian horloĝon kaj ne aŭdis lin.

"Pardonu min," li provis denove, ĉi-foje kun viro manĝanta ion el skatolo.

La viro nur svingis sian manon kaj marŝis pli rapide.

"Neniu haltas. Neniu parolas," diris sinjoro Wells al si mem. Li sentis sin iomete malĝoja.

Tiam li sentis ion alian. Li estis malsata.

Li vidis ŝildon: "Manĝejo." "Ĉi tio ŝajnas bona," li pensis.

Sinjoro Wells eniris. Estis bildoj de manĝaĵoj sur granda ekrano. Li montris al hamburgero.

"Unu hamburgeron, mi petas," li diris.

La hamburgero alvenis al li sur malgranda telero. Ĝi aspektis normala, sed kiam li prenis mordeton, ĝi parolis!

"Ĝuu min! Mi estas plena de bonaj aĵoj!" diris la hamburgero.

Sinjoro Wells saltis. "Parolanta hamburgero!" li diris.

Li sentis sin stranga manĝante ĝin, sed li estis tro malsata por halti. Kaj ĝi estis bongusta.

Sinjoro Wells finis sian hamburgeron. "Dankon, hamburgero," li diris.

Li rigardis ĉirkaŭe. La nova mondo estis plena de surprizoj.

"Mi devas lerni pri ĉi tiu loko," li diris. "Mi devas kompreni."

Sinjoro Wells eliris el la manĝejo. Li estis preta esplori plue.

Kion alian li trovos en ĉi tiu nova mondo de 2024?

La aventuro ĵus komenciĝis.

1. aventuro - adventure
2. brilo - shine, sparkle
3. bruo - noise
4. ekrano - screen
5. flugi - to fly
6. horloĝo - watch
7. kompreni - to understand
8. konstruaĵo - building
9. loko - place
10. malsata - hungry
11. miro - wonder
12. paroli - to speak
13. rapidado - rush, hurry
14. ruĝa - red
15. ŝildo - sign

3. Timiga Nokto

Sinjoro Wells promenis for de la manĝejo. Liaj piedoj kondukis lin al parko. La parko ne estis malluma; la arboj havis lumojn sur si, kaj tiuj lumoj ŝanĝis kolorojn. La arboj eĉ ludis mallaŭtan muzikon. "Kantantaj arboj!" Sinjoro Wells ridis.

Iĝis nokto, kaj la ĉielo estis nigra. Sinjoro Wells rigardis ĉirkaŭe. "Kie mi povas dormi?" li pensis.

Li sidiĝis sur benko, kvankam ĝi ne estis tiel komforta kiel lia lito hejme. Li malhavis sian varman liton.

Subite li aŭdis bruon. "Kio estas tio?" li demandis al si.

Du viroj alproksimiĝis. Iliaj okuloj brilis kiel tiuj de katoj. Sinjoro Wells eksentis timon.

La viroj rimarkis sinjoron Wells kaj komencis rapide iri al li.

Sinjoro Wells tuj leviĝis kaj ekkuris. Lia koro batis tre forte.

La viroj postkuris sinjoron Wells, sed iliaj paŝoj ne faris sonon.

Sinjoro Wells vidis statuon, altan kaj strangan, kiu aspektis kiel homo el la estonteco. Li kaŝis sin malantaŭ ĝi.

La viroj kun la brilantaj okuloj alproksimiĝis, sed sinjoro Wells ne moviĝis kaj ne faris sonon.

La viroj rigardis ĉirkaŭe. "Kien li iris?" ili diris. Ili ne povis trovi sinjoron Wells.

Sinjoro Wells restis malantaŭ la statuo, pacience atendante. Li sentis sin malvarma, kaj liaj kruroj tremis.

Fine, la viroj foriris. Sinjoro Wells ankoraŭ atendis iom da tempo antaŭ ol li eliris el sia kaŝejo.

Li reiris al la benko kaj sidiĝis. Li estis tre laca.

Sinjoro Wells kuŝiĝis sur la benko, kvankam ĝi estis malmola kaj malvarma. Sed li estis tro laca por zorgi.

Li fermis siajn okulojn kaj endormiĝis sur la benko en la parko.

Ĝi ne estis bona lito, sed estis la sola afero, kiun li havis.

Sinjoro Wells dormis en la parko, dum la arboj ludis muzikon kaj la lumoj ŝanĝiĝis. Ĝi estis timiga nokto, sed sinjoro Wells estis sekura por nun.

1. aŭdi - to hear
2. benko - bench
3. brili - to shine, glow
4. fermi - to close
5. kaŝi - to hide
6. kato - cat
7. kuregi - to run quickly

8. lito - bed
9. lumo - light
10. malmola - hard
11. malluma - dark
12. malvarma - cold
13. muziko - music
14. promeni - to walk, stroll
15. timigi - to scare

4. Helpema Amiko

S-ro Wells dormis. La suno leviĝis. Estis mateno.

Knabino promenis en la parko. Ŝi vidis S-ron Wells sur la benko. Ŝi alproksimiĝis.

"Saluton," diris la knabino. "Ĉu vi fartas bone?"

S-ro Wells malfermis siajn okulojn. Li vidis la knabinon. Ŝi aspektis afabla.

"Mia nomo estas Emily," ŝi diris. "Kiel vi nomiĝas?"

"Mi estas S-ro Wells," li diris. Li sidiĝis.

"Kial vi dormas ĉi tie?" demandis Emily.

S-ro Wells rigardis ŝin. "Mi venas el la pasinteco," li diris.

Emily ridis. "El la pasinteco? Vere?"

"Jes," diris S-ro Wells. "Mi venis per tempomaŝino."

Emily rigardis S-ron Wells. Li aspektis malsama. Li aspektis kvazaŭ li ne apartenus ĉi tie.

"Bone," ŝi diris. "Mi helpos vin."

Emily donis al S-ro Wells novajn vestojn. Ŝi ankaŭ donis al li ŝuojn.

"Dankon," diris S-ro Wells. Li surmetis la novajn vestojn.

Ili estis agrablaj kaj varmaj.

"Venu kun mi," diris Emily. "Ni iru al la biblioteko."

Ili iris al granda konstruaĵo kun multaj libroj.

"Ĉi tie estas biblioteko," diris Emily. "Vi povas lerni pri 2024 ĉi tie."

Ili iris al komputilo. "Ĉi tio estas komputilo," diris Emily.

S-ro Wells rigardis ĝin. "Ĝi estas kiel magia skatolo," li diris.

"Mi montros al vi," diris Emily. Ŝi ŝaltis la komputilon.

"Rigardu," ŝi diris. "Vi povas trovi ĉion ĉi tie."

S-ro Wells rigardis la ekranon. Estis bildoj kaj vortoj.

Li tajpis "tempomaŝino" kaj premis butonon.

La komputilo montris novaĵojn. Temis pri lia tempomaŝino!

"Homoj trovis vian maŝinon," diris Emily. "Ili metis ĝin en muzeon."

"Ili pensas, ke ĝi estas artaĵo," diris S-ro Wells. Li estis surprizita.

"Jes," diris Emily. "Ni devas reakiri ĝin."

S-ro Wells kaj Emily rigardis unu la alian.

"Ni faros planon," diris Emily.

"Jes," diris S-ro Wells. "Planon."

S-ro Wells havis novan amikon. Ŝia nomo estis Emily. Ŝi estis afabla kaj helpema.

Ili kunlaboros. Ili reakiros la tempomaŝinon.

1. afabla - kind, friendly
2. alproksimiĝi - to approach, come close
3. aparteni - to belong
4. benko - bench
5. biblioteko - library
6. komputilo - computer
7. konstruaĵo - building
8. kunlabori - to collaborate, work together

9.   mateno - morning
10. muzeo - museum
11. nomiĝi - to be named, to be called
12. pasinteco - past
13. plani - to plan
14. reakiri - to recover, get back
15. sidiĝi - to sit down

5.   La Muzea Aventuro

Emily kaj sinjoro Wells promenis al la muzeo. Ĝi estis granda kaj plena je malnovaj objektoj.

"Jen via tempomaŝino," diris Emily.

Ili eniris. La muzeo estis plena de homoj.

Ili vidis la tempomaŝinon. Ĝi estis malantaŭ ŝnuro kun ŝildo, kiu diris "Ne tuŝu."

Sinjoro Wells rimarkis kameraojn sur la muroj. Gardistoj patrolis ĉirkaŭe.

"Rigardu," diris Emily. "Mi konas unu el la gardistoj."

Ŝi aliris la gardiston. "Saluton, Tom," ŝi diris.

"Saluton, Emily," respondis la gardisto kun rideto.

Dume, sinjoro Wells alproksimiĝis al la tempomaŝino, moviĝante tre silente.

Li rigardis ĉirkaŭe. Neniu observis lin.

Li tuŝis la tempomaŝinon. Ĝi estis lia. Li sentis sin feliĉa.

Tiam subite alarmo komencis sonori. Ĝi estis tre laŭta.

"Kuru!" kriis Emily.

Sinjoro Wells kaj Emily ekkuris. La gardistoj komencis postkuri ilin.

Ili trovis pordon. Ili eniris kaj rapide fermis ĝin.

La ĉambro estis plena je malnovaj objektoj: malnovaj vestoj kaj malnovaj ludiloj.

Ili povis aŭdi la gardistojn serĉantajn ilin en la proksimeco.

"Ni devas atendi," diris Emily.

"Jes," konsentis sinjoro Wells. "Ni devas atendi ĝis la muzeo trankviliĝos."

Ili sidiĝis kaj restis en silento.

Post iom da tempo, la muzeo trankviliĝis. La lumoj estingiĝis, kaj ĉio estis malluma.

"Nun," diris Emily, "ni devas esti tre silenta."

Ili malfermis la pordon kaj rigardis eksteren. Neniu estis tie.

Sinjoro Wells kaj Emily eliris el la ĉambro. Ili estis en la malluma muzeo.

Ili devis reakiri la tempomaŝinon, sed ili devis esti tre singardaj.

La muzea aventuro ankoraŭ ne finiĝis.

1. alproksimiĝi - to approach, come closer
2. aŭdi - to hear
3. ĉambro - room
4. eniri - to enter
5. estingiĝi - to go out, extinguish
6. fermi - to close
7. gardisto - guard
8. kamerao - camera
9. kuregi - to run quickly
10. ludilo - toy
11. malnova - old
12. muzeo - museum
13. observi - to observe, watch
14. pordo - door
15. ŝnuro - rope

6. Reen al la Tempo-Maŝino

La muzeo estis silenta kaj malluma. Sinjoro Wells kaj Emily marŝis malrapide. Ili devis esti singardaj.

Ili revenis al la tempomaŝino. Sinjoro Wells rigardis ĝin.

"Mi devas ripari ĝin antaŭ ol ni povos foriri," diris sinjoro Wells.

Li malfermis la maŝinon. Li sciis, kion fari.

Emily gardis. Ŝi atentis pri gardistoj kaj aŭskultis por iuj sonoj.

Sinjoro Wells laboris rapide. Li movis dratojn, li turnis partojn.

La maŝino preskaŭ estis preta. Sinjoro Wells aspektis feliĉa.

"Dankon, Emily," diris sinjoro Wells. "Vi estas vera amiko."

Emily ridetis. "Mi ŝatus vidi vian pasintecon," ŝi diris.

Sinjoro Wells haltis. Li rigardis Emily-n. "Ĉu vi ŝatus veni kun mi?" li demandis.

La okuloj de Emily larĝiĝis. "Ĉu vere? Ĉu mi povas?"

"Jes," diris sinjoro Wells. "Ni iros kune."

Emily ridetis. "Jes, mi iros kun vi."

Ili agordis la daton sur la maŝino. Ili volis iri al la pasinteco.

Sinjoro Wells kaj Emily eniris la tempomaŝinon.

"Ĉu vi estas preta?" demandis sinjoro Wells.

"Jes," diris Emily.

Sinjoro Wells tiris la levilon. La maŝino komencis skui.

La lumoj ekbrilis. La muzeo malaperis.

Ili iris reen en la tempon. La aventuro komenciĝis denove.

1. agordi - to adjust, set
2. amiko - friend
3. aŭskulti - to listen
4. drato - wire

5. feliĉa - happy
6. gardi - to guard, watch
7. halti - to stop, halt
8. labori - to work
9. levilo - lever
10. lumi - to light, shine
11. malfermi - to open
12. malluma - dark
13. marŝi - to walk
14. muzeo - museum
15. ripari - to repair

7. La Reveno Hejmen

La tempomaŝino forte skuis. Lumoj rapide ekbrilis kaj estingiĝis.

Sinjoro Wells kaj Emily firme tenis sin. Ili estis iom timigitaj.

La jaroj pasis malantaŭen: 2024, 2010, 2000—ili rapide malaperis.

La maŝino elsendis laŭtan sonon kaj poste haltis. La vojaĝo finiĝis.

Ili troviĝis en la malantaŭa ĝardeno de sinjoro Wells. Ĉio estis trankvila.

Emily rigardis ĉirkaŭe. Ŝi vidis malnovajn domojn kaj la ĉielon sen flugantaj aŭtoj.

"Ĉu ĉi tiu estas via Londono?" demandis Emily.

"Jes," diris sinjoro Wells. "Ĉi tie estas mia hejmo."

Li estis tre feliĉa esti reen.

Ili eliris el la tempomaŝino. La aero estis freŝa.

Emily profunde enspiris. "Ho ve," ŝi diris.

"Estas malsame, ĉu ne?" diris sinjoro Wells.

"Jes, tre," diris Emily, fascinita.

Ili sidiĝis sur la herbon kaj rigardis la florojn kaj arbojn.

"Ni sukcesis," diris sinjoro Wells. "Ni havis aventuron."

"Jes, ni havis," diris Emily, kontenta.

Ili parolis pri la muzeo. Ili parolis pri la estonteco.

Ili ridis. Ili fariĝis amikoj.

Ili havis sekreton. Neniu alia sciis.

Ili estis la tempovojaĝantoj. Kaj tio estis ilia rakonto.

1. aventuro - adventure
2. ĉielo - sky
3. domo - house
4. eliri - to exit, come out
5. estingiĝi - to go out, extinguish
6. feliĉa - happy
7. floro - flower
8. freŝa - fresh
9. ĝardeno - garden
10. halti - to stop
11. herbo - grass
12. malantaŭa - back, rear
13. mirigi - to amaze
14. pasi - to pass
15. teni - to hold

Reĝo Gilgameŝ

1. La Mistera Tabuleto

Dr. John, arkeologo el Anglio, estis tre malproksime de sia hejmo. Li estis en Mezopotamio, lando plena de malnovaj sekretoj. La suno estis tre varmega, kaj sablo estis ĉie. Dr. John portis ĉapelon sur sia kapo kaj havis malgrandan broson en sia mano.

Hodiaŭ, li serĉis antikvaĵojn en la sablo. Li amis malnovajn objektojn, ĉar ili rakontis historiojn el longe pasintaj tempoj.

Li laboris malrapide kaj zorge. Lia mano tuŝis ion malmolan en la sablo. Ĝi ne estis roko; ĝi estis glata kaj plata. Tabuleto! Li ekscitiĝis.

Ĉi tiu tabuleto estis malsama. Ĝi havis bildojn kaj liniojn, kiuj iris tien kaj reen. Ĝi estis tre, tre malnova tabuleto. Li povis senti ĝian antikvecon.

Dr. John elprenis sian akvon kaj malgrandan tukon. Li purigis la tabuleton. La polvo foriĝis, kaj la linioj iĝis klaraj. Tie estis skribo, sed ĉi tiu skribo estis stranga. Ĝi ne similis al iu ajn skribo, kiun li antaŭe konis.

"Kiu kreis vin?" li demandis la tabuleton. "Kio estas via historio?"

Li rigardis la vortojn. Ili estis malfacile legebla, sed li provis laŭtlegi ilin.

La vortoj eliris malrapide. Ili sentiĝis potencaj kaj antikvaj.

Dum li legis, la vento ekblovis. Tamen, ĝi ne estis ordinara vento. Ĝi estis plena de flustroj kaj koloroj.

La mondo ĉirkaŭ li komencis ŝanĝiĝi. La suno moviĝis rapide en la ĉielo, kaj la sablo dancis. Dr. John firme tenis la tabuleton.

Subite, ĉio trankviliĝis.

Dr. John rigardis supren. Li ne plu estis en sia tempo. Li troviĝis en antikva Sumerio. La aero estis malsama. La odoroj estis malsamaj. La sonoj estis malsamaj.

Li stariĝis. Li estis en urbo. La domoj estis faritaj el brikoj ne viditaj en lia tempo. Homoj preterpasis, vestitaj per longaj roboj. Ili ne rimarkis Dr. John-on.

"Kie mi estas?" diris Dr. John. "Kio okazis?"

Li tenis la tabuleton proksime. Tio estis la ŝlosilo. La tabuleto kondukis lin ĉi tien.

Ĝuste tiam, viro alproksimiĝis al li. La viro estis alta kaj forta, kun longa barbo kaj afablaj okuloj.

"Saluton," diris la viro. "Kiu vi estas?"

Dr. John estis surprizita. "Mi estas Dr. John," li diris. "Mi venas el la estonteco."

La viro ridetis. "Bonvenon, Dr. John," li diris. "Bonvenon al Sumerio."

Dr. John ridetis reen. Li sciis, ke li trovis novan amikon. Kaj eble, kune, ili povus trovi vojon reen al lia tempo.

1. akvo - water
2. amiko - friend
3. antikva - ancient
4. arkeologo - archaeologist
5. briko - brick
6. estonteco - future
7. flustro - whisper
8. historia - story, history
9. labori - to work
10. linio - line
11. malnova - old
12. odoro - smell
13. polvo - dust
14. sablo - sand
15. skribo - writing

2. La Antikva Urbo

Dr. John staris kun larĝe malfermitaj okuloj. Li troviĝis en loko el la pasinteco. La konstruaĵoj estis tre altaj kaj faritaj el sunsekigitaj brikoj. Homoj moviĝis ĉirkaŭe, iliaj voĉoj zumis en la varma aero. Ili portis tunikojn kaj robojn, vestojn el epoko priskribita en historilibroj.

Li povis kompreni ilian lingvon pro siaj studoj. Li aŭdis iliajn vortojn kaj komprenis ilin. Tio estis mirinda!

"Saluton," diris Dr. John al viro vendanta fruktojn. "Ĉu vi povas diri al mi, kie mi estas?"

"Vi estas en Uruk," diris la viro kun rideto. "La urbo de Reĝo Gilgameŝ."

Dr. John ridetis reen. "Dankon," li diris.

Li marŝis tra la urbo, kun koro plena de miro. La stratoj estis okupataj. Estis bazaroj kaj infanoj ludantaj.

Baldaŭ li vidis grandan konstruaĵon, palacon. Gardistoj staris antaŭ ĝi. Ili vidis Dr. John-on kaj alproksimiĝis al li.

"Kiu vi estas?" demandis unu gardisto. "Kio estas tio en via mano?"

Dr. John levis la tabuleton. "Mi estas viro el la estonteco," li diris. "Ĉi tio alkondukis min ĉi tien."

La gardistoj rigardis unu la alian. Poste ili kondukis Dr. John-on al la reĝo.

La reĝo sidis sur granda trono. Li estis tre alta kaj forta. Liaj okuloj elmontris saĝon.

"Mi estas Reĝo Gilgameŝ," diris la reĝo. "Kiu vi estas, kaj de kie vi venas?"

"Mia nomo estas Dr. John," diris la arkeologo. "Mi venas el tempo ankoraŭ ne atingita, tempo malproksima de nun."

Gilgameŝ stariĝis. "Vi parolas pri mirindaĵoj," li diris. "Rakontu pli al mi."

Dr. John parolis pri sia mondo, pri aferoj ankoraŭ venontaj. Kaj dum li parolis, li sciis, ke li estas en la mezo de granda aventuro.

1. aventuro - adventure
2. bazaro - market
3. briko - brick
4. gardisto - guard
5. historilibro - history book
6. konstruaĵo - building
7. lingvo - language
8. mirinda - amazing, wonderful
9. okupo - occupation, busyness
10. palaco - palace
11. reĝo - king
12. rob - robe
13. seĝo - chair
14. tuniko - tunic
15. urbo - city

3. Renkontiĝo kun Gilgameŝ

Dr. John staris antaŭ Reĝo Gilgameŝ, sentante sin kvazaŭ figuro el rakontolibro. "En mia tempo," komencis Dr. John, "ni havas maŝinojn, kiuj flugas, kaj skatolojn, kiuj montras moviĝantajn bildojn."

Gilgameŝ levis brovon, klare interesita. "Viaj vortoj sonas kiel magio," li diris. "Kiel tio eblas?"

Dr. John atingis en sian sakon kaj eltiris la tabuleton. "Ĉi tio," li klarigis, "prenigis min tra tempo."

Gilgameŝ antaŭenkliniĝis por rigardi la tabuleton. Liaj okuloj brilis kun scivolemo. "Ah," li diris mallaŭte, "mi aŭdis pri tiaj vojaĝoj en antikvaj rakontoj."

La okuloj de Dr. John larĝiĝis pro espero. "Do vi scias, ke mi diras la veron! Mi volas reveni al mia tempo. Mi sopiras mian hejmon."

Gilgameŝ kapjesis. "Mi helpos vin, Dr. John. Sed unue, ni devas trovi mapon kaŝitan en templo preter la rivero. Ĝi montras la vojon al la Ĉambro de Tempo."

Dr. John estis kaj ekscitita kaj timigita. "Aventuro?" li demandis.

"Jes," Gilgameŝ diris kun rideto. "Ni alfrontos ĝin kune."

Kaj tiel, la reĝo kaj la tempovojaĝanto prepariĝis por vojaĝo, kiu fariĝus legendo.

1. aventuro - adventure
2. brovo - eyebrow
3. ĉambro - chamber
4. ekscitita - excited
5. espero - hope
6. figuro - figure, character
7. hejmo - home
8. intereso - interest
9. kapjesi - to nod
10. legendo - legend
11. malsamaj - different
12. mapi - map
13. rakontolibro - storybook
14. skatolo - box
15. tempo - time

4. La Vojaĝo Komenciĝas

Dr. John kaj Gilgameŝ staris ĉe la urbopordoj, iliaj sakoj plenaj de provizoj por la vojaĝo. "Ni havas sufiĉe da manĝaĵo kaj akvo por daŭri kelkajn tagojn," diris Dr. John, kontrolante iliajn pakaĵojn.

Gilgameŝ rigardis eksteren al la dezerto. "Ni vidos landojn, kiuj estas kaj severaj kaj belaj," li diris kun konfida rideto.

Ili marŝis sub la varmega suno, rigardante la sablomontojn leviĝi kaj fali kiel ondoj sur giganta maro. Nokte, ili dividis rakontojn ĉirkaŭ la fajro. Dr. John parolis pri aviadiloj kaj komputiloj, kaj Gilgameŝ rakontis pri dioj kaj monstroj.

Ilia vojo kondukis ilin super altaj montoj. Grimpi estis malfacile, kaj iliaj muskoloj doloris, sed la vido de la supro estis kiel nenio, kion Dr. John iam vidis. "Via lando estas plena de mirindaĵoj," li diris, spiregante.

"Jes," konsentis Gilgameŝ, "sed la plej granda mirindaĵo estas la homa spirito esplori."

Fine, ili atingis la kavernon, kie estis kaŝita la mapo. Ĝi estis inter la klifoj, kun enirejo gardata de ŝtonaj skulptaĵoj, kiuj rakontis pri antikvaj tempoj.

"Ĉi tiu loko estas malnova," diris Dr. John, sentante malvarmon kiam ili eniris en la kavernon.

"La pasinteco kaj la estonteco renkontiĝas ĉi tie," respondis Gilgameŝ, levante sian torĉon alte. La lumo dancis sur la muroj, kreante ombrojn.

Kune, ili trovis la mapon, desegnitan sur la kaverna muro, ĉirkaŭitan de bildoj de steloj kaj bestoj. "Ĉi tio," montris Gilgameŝ, "estas nia gvidilo tra tempo."

Sed la kaverno ŝajnis vivanta, kvazaŭ ĝi observus ilin. Dr. John sentis frison. "Ni devus preni tion, kion ni bezonas, kaj foriri rapide."

Gilgameŝ kapjesis. "La pasinteco tenas multajn sekretojn, kelkaj el kiuj preferas resti kaŝitaj."

Kun la detaloj de la mapo zorge kopiitaj, ili forlasis la kavernon, pretaj malkovri la sekvan parton de sia aventuro.

1. aventuro - adventure
2. dezerto - desert
3. fajro - fire
4. gardata - guarded
5. grimpi - to climb
6. klifo - cliff

7. konsenti - to agree
8. kopi - to copy
9. kaverno - cave
10. malvarmo - cold
11. mapo - map
12. monstro - monster
13. monto - mountain
14. provizoj - supplies
15. skulptaĵo - sculpture

5. La Mapo en la Kaverno

Dr. John kaj Gilgameŝ tenis siajn torĉojn alte dum ili eniris la malluman kavernon. La lumo de iliaj torĉoj flamludis kontraŭ la muroj, malkaŝante bildojn, kiuj ŝajnis rakonti antikvajn historiojn.

"Rigardu ĉi tiujn desegnaĵojn," diris Dr. John, fascinita. "Ili rakontas historiojn el via tempo!"

Gilgameŝ kapjesis. "Jes, ĉi tiuj estas rakontoj pri herooj kaj dioj, pri la mondo kiam ĝi estis juna."

Kiam ili iris pli profunden, la aero fariĝis malvarma kaj humida. Ili alvenis al parto de la kaverno, kie la muro malfermiĝis en pli grandan spacon. Tie, sur la ŝtono, estis la mapo, kiun ili serĉis.

"Ĉi tiu mapo," montris Dr. John, "montras stelojn kaj liniojn. Ŝajnas kvazaŭ ĝi montras vojon por vojaĝi tra tempo!"

Gilgameŝ atente studis la mapon. "Ĝi parolas pri la Skorpio-Reĝo. Li posedas potencan magion."

"La Skorpio-Reĝo?" demandis Dr. John. "Kiu li estas?"

"Li estas reganto el rakontoj pli malnovaj ol la sablo," diris Gilgameŝ. "Li loĝas malproksime de ĉi tie, en urbo perdita en la tempo."

Dr. John elprenis sian notlibron kaj zorge kopiis la mapon. "Ni bezonos ĉi tion se ni volas trovi lin."

"Jes," konsentis Gilgameŝ. "Sed la vojaĝo ne estos facila. La Skorpio-Reĝo estas bone kaŝita, kaj malmultaj kuraĝas serĉi lin."

Dr. John aspektis decidema. "Ni devas provi. Ĝi estas la sola vojo por mi reveni hejmen."

Kun la mapo sekure kopiita, ili eliris el la kaverno, reen en la sunlumon. Ili sciis, ke la vojo antaŭ ili estos plena de defioj, sed kun la mapo kiel ilia gvidilo, ili estis pretaj alfronti ĉion, kio venos sur ilian vojon.

1. aero - air
2. antikva - ancient
3. desegnaĵo - drawing
4. facila - easy
5. flamludi - to flicker
6. heroo - hero
7. humida - damp
8. kaverno - cave
9. kopii - to copy
10. linio - line
11. malvarma - cold
12. muro - wall
13. notlibro - notebook
14. reganto - ruler
15. sablo - sand

6. La Perdita Urbo

Dr. John kaj Gilgameŝ marŝis multajn tagojn tra la dezerto. La suno estis giganta fajroglobo en la ĉielo, igante la sablon brulige varma sub iliaj piedoj.

"Atentu pri serpentoj," avertis Gilgameŝ, montrante al la grundo.

Dr. John kapjesis. "Kaj skorpioj ankaŭ, mi supozas?"

"Jes, ili estas ĉie ĉi tie," respondis Gilgameŝ, rigardante ĉirkaŭen.

Ili marŝis dum la tago, kaj kiam la suno subiris, ili sentis la dezerton malvarmiĝi. Ili envolvis siajn mantelojn ĉirkaŭ si kaj provis dormi, sed la grundo estis malmola, kaj la bruoj de la dezerto tenis ilin maldormaj.

Post tio, kio ŝajnis esti eterneco, ili staris sur alta duno kaj rigardis malsupren al valo. En la valo estis la perdita urbo. Ĝi estis silenta, sen signo de homoj aŭ bestoj.

"Jen ĝi," diris Dr. John, lia voĉo plena de miro. "La perdita urbo."

Ili marŝis malsupren en la urbon. La konstruaĵoj estis malnovaj kaj kovritaj per sablo. Ili paŝis tra la malplenaj stratoj, serĉante la palacon de la Skorpio-Reĝo.

Fine, ili trovis grandan palacon kun trona ĉambro. Sur la trono sidis viro. Li portis kronon kun skorpioj sur ĝi.

"Ĉu tio estas la Skorpio-Reĝo?" flustris Dr. John.

"Jes," respondis Gilgameŝ. "Mi parolos al li."

Gilgameŝ paŝis antaŭen kaj parolis al la Skorpio-Reĝo. Li rakontis al li pri Dr. John kaj kiel li venis el la estonteco.

La Skorpio-Reĝo aŭskultis kun senmova vizaĝo. Poste li stariĝis kaj malsupreniris de sia trono. Li estis alta kaj aspektis tre forta.

"Vi venis longan vojon," diris la Skorpio-Reĝo al Dr. John. "Mi helpos vin reveni al via tempo."

Dr. John apenaŭ povis kredi siajn orelojn. "Dankon," li diris, sentante sin liberigita, ke ilia longa vojaĝo fine povus helpi lin reveni hejmen.

1. averto - warning
2. duno - dune
3. envolvi - to wrap
4. eterneco - eternity
5. fajroglobo - fireball
6. grundo - ground
7. maldorma - awake
8. mantelo - cloak
9. orelo - ear

10. palaco - palace
11. perdita - lost
12. sablo - sand
13. senmova - still, motionless
14. trono - throne
15. urbo - city

7. La Reveno Hejmen

Gilgameŝ kaj Dr. John staris antaŭ la Skorpio-Reĝo. Gilgameŝ parolis unue.

"Ĉi tio estas Dr. John," li diris. "Li venis el la estonteco."

La Skorpio-Reĝo, kun okuloj tiel profundaj kiel la dezerta nokto, kapjesis. "Mi aŭdis pri tiaj vojaĝoj. La tabuleto havas grandan potencon."

Dr. John paŝis antaŭen. "Ĉu vi povas helpi min reveni al mia tempo?" li demandis, espero brilanta en liaj okuloj.

La Skorpio-Reĝo kondukis ilin al speciala ĉambro. La planko estis kovrita per antikvaj simboloj.

"Stariĝu ĉi tie," li instrukciis Dr. John-on, montrante al simbolo en la centro. "Vi devas pensi pri via tempo, via hejmo."

Dr. John faris kiel li estis dirita, starante sur la simbolo. La Skorpio-Reĝo komencis ĉanti vortojn el la tabuleto, lia voĉo resonanta de la ŝtonaj muroj.

La ĉambro komencis skui, kaj vento ekfluis de nenie, ĉirkaŭante Dr. John-on.

"Fermu viajn okulojn kaj pensu pri via tempo," la Skorpio-Reĝo diris laŭte super la vento.

Dr. John ferme fermis siajn okulojn kaj pensis pri sia propra tempo, la moderna Mezopotamio, kiun li konis, kun ĝiaj iloj kaj fosadoj.

La vento fariĝis pli forta, hurlante en liaj oreloj. Dr. John sentis fortan tiradon, kvazaŭ io tirus lin el la profundo.

Tiam, tiel rapide kiel ĉio komenciĝis, la vento haltis. Dr. John malrapide malfermis siajn okulojn.

Li estis reen. La suno staris alte en la ĉielo, kaj li povis vidi sian tendon kaj ilojn ĝuste tie, kie li lasis ilin.

Dr. John elspiris profunde kaj ridetis. Li estis hejme.

1. antikva - ancient
2. ĉambro - room
3. ĉanti - to chant
4. dezerto - desert
5. ekflui - to start flowing
6. espero - hope
7. fermi - to close
8. fosado - digging
9. hejmo - home
10. hurlante - howling
11. instrukci - to instruct
12. kovrita - covered
13. nokto - night
14. okulo - eye
15. plano - floor

Brulu la Sorĉistinon

1. La Perilo de la Sorĉistino

Iam, en 1626, en malgranda vilaĝo en Anglio, vivis sorĉistino nomata Eliza. La domoj estis proksime unu al la alia, kaj la vojoj estis nur terpadoj. La vilaĝanoj ĉiuj konis Elizan, kaj ili timis ŝin ĉar ŝi povis fari aferojn, kiujn ili ne komprenis.

Unu sunplena mateno, la vilaĝanoj decidis, ke ili havis sufiĉe. "Ŝi estas tro stranga!" diris unu virino, skuante sian kapon dum ŝi rigardis la herbojn pendigitajn ekstere de la pordo de Eliza. "Ŝi estas sorĉistino," flustris alia, kun okuloj larĝe malfermitaj pro timo.

Tiun tagon, la homoj kaptis Elizan dum ŝi kolektis plantojn proksime de sia malgranda ligna domo. "Vi devas ĉesi fari vian magion," ili diris. "Ĝi ne estas ĝusta. Vi estas sorĉistino, kaj vi devas esti bruligita pro tio." Ili estis tre timigitaj, sed ankaŭ tre certaj.

Kompatinda Eliza estis prenita de la koleraj vilaĝanoj. Ili ŝlosis ŝin en malgranda, malluma ĉambro en la vilaĝo. Ĝi estis malvarma kaj havis nur etan fenestron. Eliza povis vidi la lunon tra ĝi. Ŝi estis sola, kun nur iom da pano kaj akvo.

Sed Eliza havis sekreton. En sia ĉambro, ŝi flustris sorĉon por tempovojaĝo. Ŝi neniam provis ĝin antaŭe, sed ŝi sciis, ke ĝi estis ŝia sola espero. La nokto estis trankvila, kaj Eliza diris la magiajn vortojn.

Subite, brila lumo plenigis la malgrandan ĉambron. Ĝi estis varma kaj forta. La muroj de la ĉambro ŝajne fandiĝis. Eliza sentis, ke la magio levas ŝin supren.

Tiam, en palpebrumo, Eliza malaperis. Ŝi lasis la jaron 1626 malantaŭe. Estis kiel vekiĝi el songo.

Eliza malfermis siajn okulojn. Ŝi ankoraŭ estis en Anglio, sed ĉio estis malsama. La aero estis plena de strangaj odoroj kaj sonoj. Ĝi ne estis ŝia malgranda vilaĝo plu. Ĝi estis granda loko kun multaj homoj kaj strangaj, koloraj lumoj. Ŝi alvenis en la jaron 2023!

Eliza stariĝis. Ŝi rigardis siajn manojn kaj piedojn. "Mi ankoraŭ estas ĉi tie," ŝi diris al si mem. Ŝi tuŝis la grundon. Ĝi estis reala. "Mi estas en la estonteco," ŝi diris kun malgranda rideto.

La aventuro de Eliza ĵus komenciĝis. Ŝi eskapis la fajron, sed nun ŝi estis en nova mondo, mondo plena de mirindaĵoj kaj surprizoj. Ŝi estis preta esplori.

1. aventuro - adventure
2. bruligi - to burn
3. ĉambro - room
4. ĉesi - to stop
5. dezerto - desert
6. eskapi - to escape
7. fajro - fire
8. fandiĝi - to melt away
9. flustri - to whisper
10. herbo - herb
11. kapti - to catch
12. koleraj - angry
13. magio - magic
14. malgranda - small
15. palpebrumo - blink of an eye

2. La Estonta Festivalo

Eliza trovis sin meze de laŭta kaj vigla festivalo. Estis grandaj tendoj kun brilaj koloroj kaj flagoj flugantaj en la vento. Muziko estis ĉie—kelkaj kun profundaj ritmoj, kiuj igis la grundon vibri, aliaj dolĉaj kaj malrapidaj.

Ĉirkaŭ ŝi, homoj estis vestitaj en mirindaj kostumoj. Estis altaj ĉapeloj, roboj kun steloj, kaj manteloj de ĉiuj koloroj. Iuj havis sorĉbalailojn, aliaj havis bastonojn kun kristaloj. Eliza vidis virojn kun longaj barboj kaj blankaj roboj, trankvile marŝantajn inter la homamasoj—ili aspektis kiel druidoj.

"Kie mi estas?" miris Eliza, ŝiaj okuloj larĝe malfermitaj pro miro kaj konfuzo. Ŝi paŝis antaŭen, rigardante ĉiujn strangajn aĵojn ĉirkaŭ ŝi.

Homoj dancis sur la herbo, ridante kaj kantante. Ili moviĝis en manieroj, kiujn Eliza neniam antaŭe vidis. La muziko ŝajnis flui tra ili.

Estis ankaŭ budoj, vendantaj manĝaĵojn, kiuj odoris spicajn kaj dolĉajn. Eliza flaris la aeron. Ĝi estis tute malsama ol la pano kaj stufaĵo, kiujn ŝi konis. Estis bastonetoj kun viando, kukoj kun glazuro, kaj trinkaĵoj, kiuj bobelis.

Eliza rimarkis, ke la homoj estis feliĉaj. Ili ridetis kaj parolis, kaj neniu aspektis timigita. "Neniu timas sorĉistinojn ĉi tie," ŝi pensis.

Tiam Eliza vidis grandan ŝildon kun la vortoj "Fantasy Fest 2023" en dikaj literoj. Tio igis ŝin konscii, kie ŝi estas—en loko, kiu festas la magian kaj la mitan.

"Mi estas sekura," ŝi flustris al si, rideto formiĝante sur ŝiaj lipoj.

Kun tiu penso, Eliza rektigis sian dorson kaj decidis iĝi parto de la festivalo. Ŝi marŝis al budo kun ĉapeloj kaj prenis unu. Ĝi estis pinta kaj havis larĝan randon.

"Ĉu vi ŝatus provi ĝin?" demandis la virino ĉe la budo, ridetante afable.

"Jes, dankon," respondis Eliza, ŝia voĉo mola. Ŝi metis la ĉapelon sur sian kapon kaj rigardis sian reflektiĝon en malgranda spegulo. Ŝi preskaŭ aspektis kiel ĉiuj aliaj.

"Vi aspektas mirinde! Ĉu vi ĝuas la festivalon?" demandis la virino.

Eliza kapjesis. "Mi ja ĝuas. Ĝi estas tre malsama ol... kie mi venas," ŝi diris, zorge elektante siajn vortojn.

"Nu, ĝuu ĝin! Ne ekzistas io simila," diris la virino kun rideto, kaj tiam ŝi turnis sin por saluti alian kostumitan gaston.

Eliza marŝis plu, ŝia koro sentante sin pli leĝera. Ŝi aŭskultis la muzikon, rigardis la dancistojn, kaj eĉ gustumis kukon kun roza glazuro. Ĝi estis dolĉa kaj mola, kaj ĝi igis ŝin ridi pro ĝojo.

Kiam la suno komencis subiri, la lumoj de la festivalo pli brilis. Lanternoj lumis, kaj feolampoj briletis kiel steloj en la tendoj. Ĝi estis bela.

Eliza sentis ion moviĝi ene de ŝi. Ŝi estis vera sorĉistino ĉe festivalo de fantazio, kaj ŝi havis veran magion por dividi. Ŝi sciis, ke ŝi povus alporti ion specialan al ĉi tiu festivalo.

Kun briletantaj okuloj kaj nova konfido, Eliza decidis resti. Ŝi alportos veran sorĉarton al Fantasy Fest 2023, kaj ŝi igos ĝin la plej magia festivalo, kiun ili iam vidis.

1. budo - stall
2. feolampo - fairy light
3. flui - to flow
4. glazuro - icing
5. kostumo - costume
6. kuko - cake
7. lanterno - lantern
8. loko - place
9. magio - magic
10. mirinda - amazing
11. moviĝi - to move
12. odoro - smell
13. rigardi - to look
14. stufaĵo - stew
15. tendo - tent

3. Sorĉistino Inter la Amaso

Eliza komencis vagi pli profunden en la koron de la festivalo. La aero estis plena de diversaj manĝodoroj kaj muziko. Brilaj lumoj de la scenejo koloregis la ĉielon.

La homoj rimarkis la malnovan robon de Eliza. Ili montris kaj ridetis. "Bonega kostumo!" diris unu juna knabo, montrante al ŝi dikfingron supren.

Eliza nur kapjesis. Ŝi ne sciis, kio estas "kostumo". Ili rigardis ŝin kun larĝaj okuloj kaj brilaj ridetoj; kelkaj eĉ elprenis malgrandajn platajn aparatojn kaj direktis ilin al ŝi. Ili estis telefonoj, ŝi baldaŭ lernis, magiaj speguloj de la estonteco.

Tiam, grupo de homoj vestitaj kiel sorĉistoj, kun longaj manteloj kaj falsaj barboj, alproksimiĝis al ŝi. "Ho, via vesto aspektas tiel vera! Kiel vi faris ĝin aspekti tiel malnova?" unu demandis kun rideto.

Eliza komencis kompreni, ke ŝi ne plu estas en sia propra tempo. "Mi... Mi ĝojas, ke ĝi plaĉas al vi," ŝi respondis, ŝia voĉo portanta misteran akĉenton.

"Vi aspektas ĝuste kiel sorĉistino el rakontolibro," diris virino en la grupo, ŝia voĉo plena de miro. "De kie vi akiris vian kostumon?"

"Ĝi ne estas kostumo," Eliza respondis mallaŭte, ŝiaj okuloj brilantaj kun eta petolemo. "Mi estas sorĉistino."

La grupo ridis, pensante, ke ĉio estas parto de la agado. "Brila!" ili ĝojkriis.

Dum ili parolis, Eliza ekŝatis la amikemajn fremdulojn. Ili parolis pri aferoj, kiujn ŝi ne komprenis, sed ilia bonkoreco estis klara.

"Mi montros al ili," ŝi pensis. "Mi montros al ili veran magion."

Eliza etendis sian manon. Ŝi flustris vortojn de la malnova mondo, vortojn, kiuj zumis kun potenco. Tiam, ĝuste tie en ŝia mano, floro komencis kreski. Ĝi floris, brila kaj bela, viveca viola kontraŭ la verdo de ĝiaj folioj.

La homamaso ĉirkaŭ ŝi ekĝemis pro surprizo. Poste ili eksplodis en ĝojkrioj. "Miregiga efiko!" iu kriis. "Kiel vi faris ĝin?"

"Ĝi estas magio," diris Eliza kun palpebrumo. La homoj ĉirkaŭ ŝi aplaŭdis kaj ridis, ankoraŭ pensante, ke ĝi estis truko.

Sed Eliza sciis la veron pri sia potenco. Ŝi alportis ion realan al ĉi tiu festivalo de fikcio. Kaj por la unua fojo ekde ŝia alveno en ĉi tiu nova mondo, ŝi sentis sin vere viva.

La festivalo fariĝis scenejo por ŝi, kaj ŝi estis la stelo. Kun sia vera magio, Eliza ne plu estis nur parto de la amaso. Ŝi estis io admirinda, miraĵo el alia tempo, kiu trovis novan hejmon inter ĉi tiuj ĝojplenaj animoj.

Kiam la nokto fariĝis malhela kaj la lumoj dancis, Eliza sentis varmon en sia koro. Ŝi estis la sorĉistino de Fantasy Fest 2023, kaj ŝi neniam sentis sin pli bonvena.

1. agado - act
2. amaso - crowd
3. bonkoreco - kindness
4. brilaj - bright
5. ĉielo - sky
6. dikfingra suprenlevo - thumbs up
7. efiko - effect
8. eksuflori - to gasp
9. etendi - to extend
10. festivalo - festival
11. flustris - whispered
12. ĝojkrio - cheer
13. homamaso - crowd
14. kostumo - costume
15. magio - magic

4. Vera Magio

La festivalo estis en plena svingo, kun muziko ludanta kaj homoj dancantaj. Eliza moviĝis inter ili, kurioza figuro kun sia antikva robo kaj briletantaj okuloj. Ĉie kie ŝi iris, ŝia vera magio sekvis.

Amaso kolektiĝis, rigardante ŝin kun fascino. "Tiu flortruko estis brila!" diris viro, aplaŭdante. "Kiel vi faris ĝin?"

Eliza nur donis al li misteran rideton kaj diris mallaŭte, "Ho, nur iomete da sorĉarto el mia tempo."

La homoj ĉirkaŭ ŝi ridegis kore. "Plej bona agado de la festivalo!" esprimis alia virino, pensante ke Eliza nur ludis sian rolon.

Sed la magio de Eliza ne estis agado. Poste, ŝi vidis planton kun folioj pendetantaj kaj brunaj. Ŝi milde tuŝis ĝin, murmuregante vortojn el malnova tempo, kaj antaŭ la mirigitaj okuloj de la amaso, ĝi stariĝis alta kaj verda denove.

Virino proksime malĝojis pri sia rompita koliero. "Lasu min rigardi," proponis Eliza, kaj per milda tuŝo kaj flustro, la koliero repariĝis. La virino ekkriis, "Nekredeble! Kiel vi sukcesis tion?"

"Nur tuŝo de la malnovaj manieroj," respondis Eliza, kun petola brileto en ŝiaj okuloj.

Inter la festivaluloj estis malgranda knabo, liaj vangoj malsekaj de larmoj, lia ludilo rompita sur la grundo. Eliza genufleksis apud li, kaj per kelkaj vortoj, ŝi transformis folion en malgrandan, viveman pupon. La knabo ŝanĝis siajn plorojn al rido, kaj li aplaŭdis pro ĝojo.

Vorto disvastiĝis pri la "sorĉistino" kun siaj nekredeblaj trukoj. "Vi devas instrui nin!" iuj kriis. "Kie vi lernis tiajn mirindajn efektojn?"

Sed Eliza nur ridetis kaj daŭrigis siajn sorĉaĵojn, feliĉa dividi sian donacon.

Dum la suno subiris, la festivalo estis viva kun babilado pri la magio de Eliza. Homoj venis de ĉie nur por vidi la "specialajn efektojn" pri kiuj ili aŭdis. Ili alportis senton de miro kaj ĝojo, kiun Eliza ne vidis en sia propra tempo.

Ŝi sentis varmon en sia koro, ion kion ŝi ne sentis dum longa tempo. Ĉi tiuj homoj, kun siaj malfermaj koroj kaj ridetoj, akceptis ŝin kaj ŝian magion. Ŝi estis timata en sia propra tempo, sed ĉi tie, ŝi estis festata.

Kiam la steloj komencis brili en la nokta ĉielo, Eliza staris meze de la rido kaj babilado, ŝia koro plena. La festivalo, kun ĉiuj ĝiaj lumoj kaj bruo, fariĝis loko kie ŝi apartenis. Ŝia magio trovis novan hejmon, kaj ŝi, Eliza, la sorĉistino de 1626, trovis novan familion en ĉi tiu estonta mondo de mirindaĵoj.

1. agado - act
2. amaso - crowd
3. aplaŭdi - to clap
4. babilado - chatter
5. briletanta - twinkling
6. danci - to dance
7. efekto - effect
8. fascino - fascination
9. festivalo - festival
10. flortruko - flower trick
11. genufleksi - to kneel
12. ludilo - toy
13. magio - magic
14. mirigi - to astonish
15. nekredebla - incredible

5. La Decido de la Sorĉistino

Eliza marŝis tra la festivalo, ŝiaj okuloj larĝe malfermitaj pro miro. Ĉie kie ŝi rigardis, estis novaj kaj strangaj aferoj por vidi. Ŝi provis pecon de varma, fromaĝa pico, kaj ŝiaj gustoburĝonoj dancis pro ĝojo. La muziko plenigis la aeron—ritmoj kaj melodioj, kiujn ŝi neniam antaŭe aŭdis, kaj ŝi trovis sin bateti sian piedon.

"Provu ĉi tion," diris amika knabino, ofertante al ŝi malgrandan, brilantan ekranon. "Ĝi estas telefono. Vi povas paroli kun homoj kaj vidi ilin, eĉ kiam ili estas malproksime!" Eliza miris kiam ŝi tuŝis la ekranon, kiu lumis per bildoj kaj vortoj.

La knabino montris al ŝi ion nomatan la interreto kaj klarigis, kiel ĝi povas respondi preskaŭ ajnan demandon. Eliza lernis pri grandaj konstruaĵoj, kiuj tuŝas la nubojn, maŝinoj, kiuj povas flugi, kaj aŭtoj, kiuj moviĝas sen ĉevaloj.

Sed kiam la nokto venis kaj la lumoj de la festivalo brilis, la menso de Eliza vagis reen al ŝia propra tempo. Ŝi memoris sian malgrandan, malvarman ĉambron, la kolerajn vizaĝojn de la vilaĝanoj, kaj la timon, kiu algluiĝis al ŝi kiel malseka mantelo. Ĉu ŝi vere neniam povus reveni?

Ŝi frostotremis ĉe la penso pri la flamoj, kiuj atendis ŝin, la bruliga varmo, la doloro... Ne, ŝi ne povis reveni al tio.

Ĉi tie, en 2023, homoj ne timis ŝin. Ili ridis kaj aplaŭdis ŝian magion. Ŝi estis sola en 1626, sed ĉi tie ŝi sentis sin parto de granda kaj mirinda mondo.

Dum ŝi rigardis grupon da infanoj ĉasantaj unu la alian kun brilantaj bastonoj, ilia rido sonanta en la aero, ŝi sentis varman senton de paco. "Mi apartenas ĉi tie," ŝi flustris al si mem. "Ĉi tie, kie mi povas esti mi, kie mia magio alportas ĝojon, ne timon."

Farinte tiun decidon, ŝi sentis pezon leviĝi de ŝiaj ŝultroj. Ŝi estis Eliza, la sorĉistino de 1626, sed nun ŝi ankaŭ estis Eliza, la amiko de 2023. Ŝi povus krei novan vivon ĉi tie, vivon plenan de amikeco kaj magio.

"Mi restos," ŝi diris laŭte, ŝia voĉo forta kaj klara. "Mi faros mian hejmon en ĉi tiu nova tempo."

Kaj kun tio, ŝi turnis sin reen al la festivalo, al la lumoj, la muziko, kaj la rido, preta komenci sian novan vivon en mondo, kiu bonvenigis ŝin kun malfermitaj brakoj.

1. amika - friendly
2. apartenas - belongs
3. babilado - chatter
4. bastono - stick
5. brilantan - shining
6. ĉasantaj - chasing
7. ĉielo - sky
8. decido - decision

9. ekrano - screen
10. flustris - whispered
11. frostotremis - shivered
12. interreto - internet
13. mirinda - wonderful
14. nubo - cloud
15. pico - pizza

6. Vivante en la Nova Mondo

Eliza pasigis siajn tagojn en la bruega festivalo, loko de senfinaj mirindaĵoj kaj amikemaj vizaĝoj. Ŝi faris amikojn, kiuj fervoris montri al ŝi sian mondon. Ili ridis kaj babilis dum ili promenis inter koloraj budoj kaj viglaj tendoj.

"Eliza, ĉi tio estas mono," klarigis Tom, alta viro kun milda rideto, donante al ŝi kelkajn brilajn monerojn kaj molajn paperajn biletojn. "Vi uzas ĝin por aĉeti aĵojn, kiujn vi bezonas."

Ŝi tenis la monon, turnante ĝin en siaj manoj, fascinita de la nombroj kaj strangaj simboloj. Ĝi estis malsama ol la moneroj de ŝia tempo, sed ŝi komprenis ĝian uzon.

La festivalanoj helpis al ŝi elekti modernajn vestojn el budo. Ŝi elektis bluan robon, kiu igis ŝin senti kvazaŭ ŝi apartenus. La mola ŝtofo estis malsama ol io ajn, kion ŝi antaŭe surmetis, komforta kaj malpeza.

"Mi aspektas ĝuste kiel ĉiuj aliaj," ŝi diris, turniĝante en sia nova robo. Ŝiaj amikoj aplaŭdis kaj ĝojis, kaj la koro de Eliza sentiĝis plena.

Unu el la budposedantoj rimarkis kiel Eliza povis igi florojn flori kaj lumojn danci per svingo de ŝia pojno. "Ĉu vi ŝatus labori kun ni?" li demandis. "Viaj talentoj estas specialaj, kaj ni povus uzi iom da magio ĉi tie."

Eliza estis ravita. "Mi tre ŝatus!" ŝi respondis, ŝia voĉo plena de ekscito. Ŝi komencis labori en la festivalo, uzante malgrandajn sorĉojn por ripari dekoraciojn kaj amuzi la homamason. Ŝia magio, iam fonto de timo, nun estis donaco kiu alportis ĝojon.

La homoj estis bonkoraj kaj donacemaj, ofertante al ŝi manĝaĵon de iliaj budoj kaj komfortan lokon por dormi. Ŝi gustumis novajn kaj bongustajn aĵojn, de dolĉaj, gluitaj pasteĉoj ĝis saporaj pasteĉoj, kiuj varmigis ŝin de interne.

Ĉiunokte, ŝi kuŝiĝis sub baldakeno de steloj, mola kovrilo ĉirkaŭ ŝi, kaj por la unua fojo post longa tempo, ŝi sentis sin sekura. La timo, kiu tenis ŝian koron en 1626, forfandiĝis, anstataŭita per sento de aparteno.

"Ĉu vi estas feliĉa, Eliza?" demandis Lily, juna virino kun brilaj okuloj kaj varma rideto.

"Jes," Eliza respondis, ŝia propra rideto larĝa kaj sincera. "Mi trovis bonkorecon kaj novan hejmon ĉi tie."

Kaj tiel, Eliza fariĝis konata kiel la vera sorĉistino de la festivalo, titolon kiun ŝi portis kun fiero. Ŝi trovis novan vivon en nova mondo, kaj ŝi ĝin akceptis kun sia tuta koro, preta por ĉiaj aventuroj, kiuj atendas.

1. almozis - generous
2. aparteno - belonging
3. aplaŭdis - applauded
4. babilis - chatted
5. brilajn - shiny
6. budoj - stalls
7. klarigis - explained
8. magio - magic
9. monerojn - coins
10. mono - money
11. notoj - notes
12. nombroj - numbers
13. papero - paper
14. simboloj – symbols
15. ŝtofo – fabric

7. Nova Hejmo

Post kiam la brilaj lumoj de la festivalo estingiĝis, Eliza trovis sin ĉirkaŭita de la varmeco de novaj amikecoj. La rido kaj muziko estis teksintaj sekurecan reton por ŝi en ĉi tiu miranda mondo de la estonteco. Ŝi ne volis foriri; la timo pri sia pasinta vivo kiel akuzita sorĉistino estis tro granda, kaj la brakumo de la nova mondo tro konsola.

Ŝiaj amikoj, tiuj, kiujn ŝi ĉarmis per siaj veraj sorĉoj kaj bonkora koro, insistis. "Vi devas resti," ili urĝis, iliaj vizaĝoj brilantaj pro zorgo kaj amo. "Nun ĉi tio estas via hejmo, same kiel ĝi estas nia."

Kun ilia helpo, Eliza trovis malgrandan domon, komfortan spacon kun ĝuste sufiĉe da loko por ŝiaj malmultaj bezonoj: lito por ripozigi ŝian kapon, tablo por miksi ŝiajn sorĉtrinkaĵojn, kaj seĝoj por bonvenigi gastojn. Ŝi havis ĉion, kion ŝi povus deziri, kaj ŝi miregis pri la simpleco kaj beleco de ĝi.

Sed singardo teksis sin ĉirkaŭ ŝian koron kiel la hedero ĉe la pordo de ŝia nova hejmo. Eliza rememoris la flamojn, kiuj minacis ŝteli ŝian vivon en ŝia propra tempo. Ŝi ne farus la saman eraron denove. Ŝia magio, donaco kiu iam alportis al ŝi danĝeron, nun estis sekreto tenata proksime, uzata ŝpareme kaj for de scivolemaj okuloj.

Foje, malfrue nokte, kiam la mondo estis trankvila, kaj la sola sono estis la flustro de la vento, Eliza praktikis sian arton. Malgranda ĉarmo por teni ŝian hejmon varma, trinkaĵo por kuraci malvarmumon—sed ĉiam malgranda, ĉiam zorgema. La timo esti malkovrita, esti malprave akuzita denove, neniam vere forlasis ŝin.

Kiam la tagoj kreskis al semajnoj, kaj la semajnoj al monatoj, homoj komencis serĉi la misteran virinon, kiu aperis ĉe la festivalo. Ili venis kun esperoj pri kuraciloj por siaj malsanoj kaj problemoj, kaj Eliza, kun sia bonkora koro, ne povis forturni ilin. Ŝi helpis kie ŝi povis—malgranda sorĉo ĉi tie, miksaĵo tie—gajnante al si la karesan titolon de "bona sorĉistino."

En la koro de sia nova komunumo, Eliza trovis pacon, kiun ŝi neniam antaŭe konis. Ŝi fariĝis teksistino de magio kaj riparistino de zorgoj, ŝia rakonto interplektiĝis kun tiuj de la vilaĝanoj, kiuj fariĝis ŝia familio. Ŝi ne plu estis figuro de timo, sed unu de amo kaj respekto.

La vivo de Eliza nun estis tapiŝo de pasinteco kaj nuntempo, miksaĵo de tio, kio estis kaj tio, kio ankoraŭ estis estonta. En la vigla varmeco de ŝia nova mondo, la sorĉistino de 1626 trovis sian lokon, sian hejmon en Anglio de 2023, kaj en ĝi, ŝi trovis la liberecon esti sia vera memo, fine.

1. afekcio - affection
2. akuzita - accused
3. brakumo - embrace
4. estingiĝis - dimmed
5. flamoj - flames
6. ĉarmo - charm
7. hedero - ivy
8. insistis - insisted
9. koro - heart
10. malsanoj - ailments
11. miksaĵo - concoction
12. rememoris - remembered
13. scivola - curious
14. sekureca - safety
15. singardo - caution

Artura Invento

En malgranda urbo en Anglio vivis sciencisto nomata Arturo. Lia domo troviĝis en trankvila strato, kaj malantaŭ ĝi estis lia laboratorio. Ĝi estis la loko, kie Arturo kreis ion tre specialan.

La laboratorio de Arturo estis plena je iloj kaj libroj. Meze de la ĉambro staris lia inventaĵo, tempomaŝino. Ĝi estis granda kaj havis aspekton kvazaŭ faritan el arĝento, kun butonoj de ĉiuj koloroj kaj ekranoj, kiuj lumis.

Unu sunplena mateno, Arturo surmetis sian blankan mantelon kaj diris, "Hodiaŭ estas la tago!" Li eniris sian laboratorion kaj rigardis sian tempomaŝinon. Li sentis eksciton kaj iomete da timo. Li tuŝis la maŝinon kaj pensis pri sia plano.

"Mi iros al la estonteco!" li diris al sia kato, Vipurfosto, kiu sidis sur seĝo.

Vipurfosto miaŭis kvazaŭ dirante "Bonŝancon!"

Arturo premis la butonojn. La maŝino ekbruis. Ĝi zumis kaj pepis. Poste, Arturo agordis la tempon je unu miliardo da jaroj antaŭen. Li imagis, kion li eble vidos.

"Ĉu ĉi tio estas bona ideo?" Arturo demandis sin. Li profunde enspiris kaj premis la grandan ruĝan butonon.

Flaŝo! Brila lumo plenigis la ĉambron. La maŝino ekŝancelis. Arturo forte kaptis sin.

"Jen mi iras!" li kriis.

Ĉio okazis fulmrapide. Koloroj kaj lumoj dancis ĉirkaŭ Arturo. Estis kvazaŭ sonĝo.

Post iom da tempo, la lumoj estingiĝis. La maŝino silentis. Arturo malfermis la pordon kaj paŝis eksteren.

"Vau!" li diris. Li ne plu estis en sia laboratorio. Li troviĝis ie nova. Estis tempo esplori, kiel aspektas la estonteco.

Arturo ĉirkaŭrigardis. Li ne povis vidi homojn. Nur altajn konstruaĵojn kaj strangajn plantojn. Robotoj flugis en la ĉielo.

"Ĉu iu estas ĉi tie?" Arturo vokis. Sed neniu respondis.

Roboto malleviĝis kaj ekrigardis Arturon. "Saluton, homo," ĝi diris.

Arturo estis miregigita. "Saluton," li respondis. "Mi estas Arturo. Mi venas el la pasinteco."

La roboto palpebrumis siajn lumojn. "Bonvenon al la estonteco," ĝi diris.

Arturo ridetis. Lia aventuro ĵus komenciĝis. Li volis lerni ĉion pri ĉi tiu nova mondo. Li faris siajn unuajn paŝojn en la estonteco. Ĝi promesis esti mirinda tago.

La suno brilis en la ĉielo, sed Arturo rimarkis, ke ĝi estis pli granda ol li memoris. Li miris, kion tio povus signifi.

Li daŭrigis sian promenadon, preta malkovri, kio okazis al la homoj kaj kial la robotoj estis tie. La estonteco estis plena de sekretoj, kaj Arturo estis tie por malkovri ilin.

1. aventuro - adventure
2. blanka - white
3. bruoj - noises
4. butonoj - buttons
5. ekscitiĝo - excitement
6. estonteco - future
7. flugis - flew
8. konstruaĵoj - buildings
9. laboratorio - laboratory
10. lumo - light
11. malkovri - to discover
12. miaŭis - meowed
13. palpebrumis - blinked
14. sunplena - sunny
15. zumis - hummed

La Estonta Tero

Arturo elpaŝis el sia tempomaŝino kaj ĉirkaŭrigardis. La estonteco ne estis kiel lia tempo. Ĝi estis tute malsama.

"Kie estas ĉiuj?" pensis Arturo.

Ne estis homoj, nur maŝinoj. Ili moviĝis kaj interparolis, kvazaŭ ne rimarkante Arturon.

La ĉielo ne plu estis blua. Ĝi estis purpura, verda, kaj oranĝa. Arturo neniam antaŭe vidis ĉielon en tiaj koloroj. Ĝi estis bela, sed ankaŭ iom stranga.

La konstruaĵoj estis ege altaj, etendiĝante supren kaj kvazaŭ tuŝante la ĉielon. La fenestroj brilis kiel diamantoj.

"Kie estas la arboj?" diris Arturo. Li ĉirkaŭrigardis, sed ne povis trovi eĉ unu. "Kie estas la birdoj kaj bestoj?" Estis nenio, nur kvieto kaj senmovo.

Arturo paŝis tra la trankvila urbo. Li sentis sin tre sola.

"Ĉu iu estas ĉi tie?" li vokis.

Sed neniu respondis. Ne estis voĉoj, nek ridantaj infanoj aŭ parolantaj homoj.

Arturo rimarkis maŝinon, malsaman ol la aliaj. Ĝi havis ekranon kun vizaĝo sur ĝi.

"Saluton," diris la maŝino.

Arturo surpriziĝis. "Saluton," li respondis. "Mi nomiĝas Arturo. Mi serĉas homojn. Kie ili estas?"

La ekrano de la maŝino ŝanĝiĝis, montrante bildon de cerbo, soleca cerbo sen korpo.

"La homoj estas ĉi tie," diris la maŝino. "Ili vivas en ni nun."

Arturo ne komprenis. "En vi?" li demandis.

"Jes," respondis la maŝino. "Homoj ne plu havas korpojn. Ili ekzistas en sonĝoj. Ni zorgas pri ili."

Arturo pripensis tion. Homoj sen korpoj? Nur cerboj? Estis malfacile imagi.

"Kial?" demandis Arturo.

"La mondo ŝanĝiĝis," klarigis la maŝino. "Homoj ne plu povis vivi en ĝi. Do ili fariĝis parto de ni. Ni estas ilia mondo nun."

Arturo denove rigardis la ĉielon. La suno estis granda kaj ruĝa. Ĝi aspektis tre varma.

"La suno pligrandiĝas," diris Arturo. "Kio okazos?"

La maŝino restis silenta. Poste ĝi diris, "La Tero ne restos longe vivanta. Ni serĉas novan hejmon."

Arturo sentis timon. La Tero estis en danĝero.

"Kion mi povas fari?" li demandis.

La maŝino ne respondis. Poste ĝi malŝaltiĝis.

Arturo restis staranta. Li sciis, ke li devas helpi. Sed kiel?

"Mi devas malkovri pli," li diris.

Do Arturo plu paŝis tra la granda, trankvila urbo, serĉante respondojn. Li serĉis manieron por helpi la lastajn homojn kaj ilian maŝinan mondon. Ĝi estus granda aventuro. Kaj eble, iom timiga. Sed Arturo estis preta. Li estis decidinta malkovri kiel savi la estontan Teron.

La Lastaj Homoj

Arturo paŝis tra la silentaj stratoj de la estonta urbo, serĉante la lastajn homojn. Li volis lerni pli pri ili kaj kiel li povus helpi.

Li alvenis al loko, kie la maŝinoj estis malsamaj. Ili nek moviĝis nek parolis. Ili staris en granda cirklo. Ene de la cirklo estis objektoj, kiuj aspektis kiel vitraj kestoj. Arturo proksimiĝis por vidi, kio estis en la kestoj.

En ĉiu kesto estis cerbo. La cerboj havis dratojn konektitajn al ili, kaj la dratoj kondukis al la maŝinoj. Arturo ekkomprenis, ke ĉi tiuj estis la lastaj homoj. Ili estis nur cerboj, vivantaj ene de maŝinoj.

"Saluton?" diris Arturo mallaŭte. Li ne atendis respondon, kaj neniu respondis.

La maŝinoj zorgis pri la cerboj, konservante ilin sekuraj. Ili estis kiel domoj por la cerboj. Arturo rimarkis, ke la cerboj ne manĝis, nek parolis. Ili estis tute senmovaj, sed li sciis, ke ili vivas. Ili vivis en sonĝoj.

Unu maŝino rimarkis Arturon kaj moviĝis al li.

"Ĉu vi volas vidi ilian mondon?" demandis la maŝino.

"Jes," respondis Arturo.

La maŝino montris al Arturo ekranon. Sur la ekrano aperis mondo tre bela. Estis arboj, floroj, kaj blua ĉielo. Estis ankaŭ homoj. Ili parolis, ridis, kaj ludis. Ili estis feliĉaj.

"Ĉi tio estas ilia sonĝo," diris la maŝino.

Arturo rigardis la ekranon. La sonĝa mondo estis perfekta. Sed ĝi ne estis reala.

"Ĉu ili povas eliri?" demandis Arturo.

"Ne," respondis la maŝino. "Se ili elirus, ili ĉesus ekzisti. La sonĝo ĉesus. Ĉi tio nun estas ilia vivo."

Arturo sentis malĝojon por la homoj. Ili estis kaptitaj en siaj sonĝoj.

"Ĉu estas maniero por helpi ilin?" li demandis.

"Ni provas trovi novan hejmon," diris la maŝino. "Lokon, kie la cerboj povus vivi kaj eble... iun tagon... havi korpojn denove."

Arturo rigardis la cerbojn en la kestoj. Li volis helpi ilin ricevi tiun ŝancon.

"Mi volas lerni pli," li diris al la maŝino. "Mi volas helpi trovi novan hejmon."

La maŝino eligis sonon, kvazaŭ esprimante ĝojon.

"Ni povas lerni unu de la alia," diris la maŝino.

Do Arturo restis kun la maŝinoj kaj la lastaj homoj. Li observis iliajn sonĝojn kaj interparolis kun la maŝinoj. Li estis determinita lerni. Li estis determinita helpi. Arturo ne sciis kiel, sed li sciis, ke li devas provi.

Li pensis pri sia propra tempo, malproksime. Li memoris la Teron kun ĝiaj arboj kaj bestoj. Li volis helpi la homojn rekapti tion.

"Ĝi estos granda tasko," diris Arturo. "Sed mi estas ĉi tie por helpi."

Kaj tiel, Arturo komencis lerni. Li lernis pri la maŝinoj, la cerboj, kaj la sonĝoj. Li estis decidinta helpi la lastajn homojn trovi novan hejmon. Ĝi estus longa vojaĝo, sed Arturo estis preta por ĝi. Li estis preta helpi savi la lastajn homojn kaj ilian belan sonĝan mondon.

1. aspektis - looked like
2. cirklo - circle
3. dratojn - wires
4. ekrano - screen
5. feliĉaj - happy
6. kestoj - boxes
7. kondukis - led to
8. konservis - kept
9. korp(ig)o - body (formation)
10. lerni - to learn
11. malĝojo - sadness
12. maŝinoj - machines
13. parolis - talked
14. proksimiĝis - approached
15. sonĝo - dream

La Mortanta Suno

Arturo staris ekstere, rigardante la ĉielon. La suno estis granda kaj ruĝa, multe pli vasta ol li memoris el sia tempo. Ĝi pendis en la ĉielo kiel giganta, lumanta sfero, malrapide mortanta kaj vastiĝanta.

La Tero ankaŭ sentis sin malsame. Estis varmeco en la aero, kiu ne ŝajnis natura. Estis tro varme, kaj la temperaturoj kreskis tagon post tago. Arturo komprenis, ke la vastiĝanta suno estis danĝero por la planedo. La tuta mondo, kun la lastaj restoj de la homaro kaj iliaj zorgemaj maŝinoj, staris ĉe la rando de detruo.

Dum li marŝis tra la urbo de maŝinoj, li povis aŭdi la mekanikajn estaĵojn interparolantajn en sia elektronika lingvo. Ili diskutis pri kreskantaj temperaturoj kaj la malfortiĝanta protekta atmosfero. La Tero baldaŭ fariĝos tro varma, kaj ĉiu vivo, eĉ en ĉi tiu mekanika formo, estus minacata.

Arturo sentis urĝecon. Restis tiel malmulte da tempo por savi tion, kio ankoraŭ restis de la homa raso.

Li alproksimiĝis al unu el la pli grandaj maŝinoj, kies surfaco briletis per lumoj kaj indikiloj.

"Pardonu min," diris Arturo. "Mi aŭdis pri la suno kaj la danĝero. Kio okazos?"

La maŝino turnis sin al li, ĝiaj sensoroj enfokusigante Arturon. "La suna vastiĝo akceliĝas. Ĉi tiu planedo baldaŭ ne estos loĝebla por iu ajn formo de vivo."

"Sed kion oni povas fari?" demandis Arturo, sentante zorgon en sia stomako. "Ĉu estas maniero savi la homojn?"

"Ni havas planon," respondis la maŝino. "Ni devas forlasi la Teron."

La okuloj de Arturo larĝiĝis. "Forlasi la Teron? Kiel?"

La maŝinoj ja havis planon. Ili parolis pri kosmoŝipoj kaj vojaĝoj al malproksimaj steloj. Ili diskutis trovi novan planedon, novan hejmon, kie la homaj mensoj povus esti sekuraj, kie ili eble iam povus esti pli ol nur cerboj en maŝinoj.

Arturo atente aŭskultis dum la maŝinoj klarigis sian strategion. Ili bezonus konstrui masivan ŝipon, unu kiu povus porti la cerbojn kaj la maŝinojn kaj subteni ilin dum la vojaĝo tra spaco. Ĝi estis kolosa entrepreno, kaj la maŝinoj jam delonge komencis la preparojn, sed ili mankis iujn komprenojn – komprenojn, kiujn Arturo povus kontribui per sia scio el la pasinteco.

"Ĉu mi povas vidi la ŝipon?" demandis Arturo, lia scivolemo vekita de la klarigo de la maŝino.

"Kompreneble," respondis la maŝino. "Sekvu min."

La maŝino gvidis Arturon tra la urbo, al la randoj, kie la ĉielo estis vasta kaj senlima. Tie, ĉe la horizonto, staris giganta strukturo, dominanta super ĉio. Ĝi estis la kosmoŝipo, ankoraŭ sub konstruado, sed jam impona laŭ sia skalo.

Arturo estis impresita. La ŝipo estis la ŝlosilo al supervivo, lumturo de espero por la estonteco de la homa raso. Kaj li, viro el alia tempo, helpus kompletigi ĝin.

La maŝinoj detale priskribis la paŝojn restantajn por kompletigi la ŝipon, la teknologion, kiu pelos ĝin, kaj la manieron, kiel ĝi subtenos vivon dum ilia serĉado de nova mondo.

Arturo sciis, ke lia aventuro prenis neatenditan turnon. Li ne plu estis nur tempovojaĝanto; li nun estis parto de io multe pli granda – misio por savi la esencon de la homaro.

Dum li staris tie, rigardante la ŝipon kaj pripensante la grandegan taskon antaŭ si, li sentis novan decidon firmiĝanta en sia koro. Li faros ĉion eblan, lernos ĉion necesan, por helpi en ĉi tiu granda eskapo.

La mortanta suno subiris, ĵetante longajn ombrojn super la pejzaĝo, dum Arturo kaj la maŝino reiris al la urbo, diskutante la unuajn paŝojn de lia partopreno en la misio, kiu portos la lastajn homojn al nova hejmo inter la steloj.

1. akceliĝas - accelerates
2. atmosfero - atmosphere

3. detale - in detail
4. elektronika - electronic
5. entrepreno - undertaking
6. eskapo - escape
7. homaro - humanity
8. impona - impressive
9. kompletigo - completion
10. komprenoj - insights
11. kosmoŝipo - spaceship
12. loĝebla - inhabitable
13. nodo - knot
14. randoj - outskirts
15. varmeco - warmth

Artura Misio

Arturo staris antaŭ la maŝinoj, kies lumoj rapide palpebrumis dum ili dividis la novaĵojn. "Ni bezonas homon," ili diris per siaj elektronikaj voĉoj. "Vi estas la sola, Arturo."

Li kapjesis, komprenante la gravecon de la tasko antaŭ li. Por savi la cerbojn, la lastajn restaĵojn de homa vivo, li devis antaŭeniri. Ĝi estis giganta tasko, kaj kvankam timo mordetis lin interne, Arturo sentis ondon de kuraĝo. Li estis la neatendita heroo en rakonto okazanta miliardon da jaroj for de lia tempo.

La maŝinoj, sentante lian dediĉon, provizis lin per aro da iloj. Ĉi tiuj ne estis ordinaraj iloj, sed altnivelaj aparatoj kun palpebrumantaj lumoj kaj ekranoj, ĉiuj dizajnitaj por helpi lin trovi novan hejmon por la cerboj.

La tempo forfluis kiel sablo tra fingroj, kaj ĉiu momento estis grava. Preninte profundan spiron, Arturo komencis sian laboron, mergiĝante en mapojn, datumojn kaj simuladojn de malproksimaj galaksioj.

Liaj tagoj estis plenaj de lernado kaj planado. La maŝinoj estis paciencaj instruistoj, gvidante lin tra la kompleksecoj de astrofiziko kaj kosma esplorado. Malgraŭ la seriozeco de lia misio,

Arturo ne povis ne miri pri la progresoj, kiujn la homaro atingis en miliardo da jaroj.

Sed la aventuro ne estis sen siaj timigaj momentoj. Foje, la elektro fluktuus, memorigante Arturon pri la minaco de la suno ekstere. Aŭ aparato paneus, prokrastante ilin horojn, se ne tagojn. Ĉiufoje, la koro de Arturo batis pli rapide, konscia pri tio, ke ĉiu prokrasto povus signifi la finon de la misio — kaj la finon de la lastaj homoj.

Iun tagon, dum li studis aparte promesplenajn stelsistemojn, la ekrano de Arturo ekbrilis kun serio de ekscititaj bipsonoj. Li trovis ion — planedon, kiu ŝajnis taŭga por vivo, eĉ por cerboj vivantaj ene de maŝinoj. Ĝi estis rara trovaĵo, radio de espero en la senkompata vasteco de la universo.

"Ni devas iri tien," diris Arturo, montrante al la ekrano. La maŝinoj zumis kaj klakis en konsento, ilia ekscito spegulis lian propran.

Sed la vojaĝo al la nova planedo ne estus facila. Ĝi postulus precizajn kalkulojn kaj aŭdacan spiriton, ĉar la spaco estis plena de nekonataj danĝeroj. Asteroidoj, kosmaj ŝtormoj, kaj la mema ŝtofo de spacotempo staris inter ili kaj ilia ebla nova hejmo.

Dum la maŝinoj preparis la kosmoŝipon por la vojaĝo, Arturo sentis sin plenigita de fiero. Li iris de esti scivolema sciencisto eksperimentanta kun tempovojaĝo al ŝlosila figuro por savi la estontecon de tio, kio restis de la homaro.

La kosmoŝipo majeste staris kontraŭ la ruĝetiĝanta ĉielo. Ĝi estis ilia arko, ilia espero kaj ilia estonteco. Arturo ĉirkaŭiris ĝin, inspektante ĉiun riglilon kaj panelon, certigante, ke ĝi estis preta por la vojaĝo.

La tago alvenis, kiam ĉio estis preta. La cerboj devis esti translokigitaj en la kosmoŝipon, sekurigitaj ene de iliaj vivtenaj unuoj. Arturo spektis, kiel la maŝinoj laboris kun precizeco, ĉiu ilia movo kalkulita kaj perfekta.

"Ĉu ĉio estas preta?" demandis Arturo unu el la maŝinoj.

"Jes, Arturo," ĝi respondis. "Dank' al vi, ni estas pretaj ekvojaĝi al nova mondo."

Arturo rigardis supren al la ĉielo unu lastan fojon, la mortanta suno ĵetante solenan lumon super la Tero. Estis tempo adiaŭi ĉi tiun mondon, miliardon da jaroj for de lia propra, kaj paŝi en la nekonaton.

Dum li eniris la kosmoŝipon, Arturo sentis la vibron de la motoroj sub siaj piedoj. Jen ĝi estis — la komenco de nova ĉapitro, nova aventuro, kaj nova espero por la esenco de la homaro.

La pordoj sigeliĝis, kaj la motoroj ekfunkciis. La kosmoŝipo leviĝis, lasante la mortantan Teron malantaŭe, direktiĝante al la steloj, al supervivo, al estonteco, kiun Arturo helpis ebligi.

Dum la ŝipo trapenetris la atmosferon kaj eniris la senlimecon de la spaco, Arturo staris ĉe la fenestro, rigardante la Teron por la lasta fojo. Li flustris adiaŭon al la planedo, kiu dum tiom longe estis hejmo al la homaro.

"Adiaŭ, Tero," li diris mallaŭte. "Viaj infanoj pluvivos."

Turnante sin, Arturo alfrontis la stelojn, la mision, kaj la aventuron antaŭ li. Li akceptis sian rolon en ĉi tiu nova mondo kaj estis preta vidi ĝin ĝis la fino, kia ajn ĝi estos. La lasta homo, kun la cerboj kaj la maŝinoj, estis sur vojaĝo tra la kosmo, portante la heredaĵon de la Tero en la estontecon.

1. akceptis - accepted
2. aventuro - adventure
3. bipsonoj - beeps
4. cerboj - brains
5. ekvojaĝi - to embark
6. elektronikaj - electronic
7. espero - hope
8. fluktuus - would fluctuate
9. inspektante - inspecting
10. kalkulojn - calculations
11. kuraĝo - bravery

12. monumenta - monumental
13. neantaŭvidita - unexpected
14. paneus - would malfunction
15. spacotempo - space-time

La Eskapa Plano

Arturo staris en granda, malvarma ĉambro plena de maŝinoj. Antaŭ li estis malnova kosmoŝipo. Ĝi aspektis fortika kaj preta por granda vojaĝo. "Ĉi tio portos nin al nova hejmo," li diris al la maŝinoj.

La maŝinoj bipis kaj tuj ekkomencis labori. Ili riparis la kosmoŝipon rapide kaj senhalte. Arturo observis ilin, mirante pri ilia inteligenteco.

Unu maŝino alproksimiĝis al Arturo. "Ni devas translokigi la homajn cerbojn," ĝi diris.

"Jes," respondis Arturo. "Ni devas certigi, ke ili restu sekuraj."

La cerboj estis en malgrandaj, travideblaj kestoj. Ili aspektis kvazaŭ dormante. La maŝinoj zorge levis la kestojn kaj metis ilin en la kosmoŝipon, unu post la alia.

Arturo ĉirkaŭiris la kosmoŝipon. Li tuŝis la metalon, kiu estis malvarma kaj malmola. Li ekzamenis ĉiujn butonojn kaj ekranojn, kontrolante la numerojn kaj mapojn por certigi, ke ĉio estis en ordo.

"Ĉu la kosmoŝipo estas preta?" demandis Arturo.

"Jes, Arturo," respondis unu maŝino. "Ni povas forlasi la Teron nun."

La koro de Arturo batis rapide. Li sentis kaj eksciton kaj iom da timo. Li helpis meti la lastan cerbon en la kosmoŝipon. "Ni ekiru," li diris.

La maŝinoj fermis la pordojn de la kosmoŝipo, kaj laŭta klako resonis. Nun ili ĉiuj estis ene, pretaj por la vojaĝo.

Arturo sidis ĉe la antaŭo de la kosmoŝipo, antaŭ granda fenestro. Li povis vidi la ĉielon kaj la stelojn. La maŝinoj ŝaltis la kosmoŝipon, kiu komencis skui kaj poste leviĝis.

Ili flugis! La kosmoŝipo supreniris kaj supreniris. Arturo observis la Teron malgrandiĝi. Li vidis la grandan, ruĝan sunon, kiu aspektis pli granda ol iam ajn antaŭe.

"Adiaŭ, Tero," diris Arturo mallaŭte. "Ni iros trovi novan hejmon."

La kosmoŝipo plirapidis. Ili preterpasis la lunon kaj la stelojn. Arturo rigardis el la fenestro kaj vidis la spacon. Ĝi estis malluma kaj bela. Li sentis sin feliĉa helpi la cerbojn. Li estis en la mezo de granda aventuro.

La suno estis granda, ruĝa pilko en la ĉielo, tre varma. Sed la kosmoŝipo malproksimiĝis de la suno. Arturo kaj la maŝinoj estis sekuraj.

Ili vojaĝis al nova mondo, loko kie la cerboj povus vivi kaj sonĝi. Arturo kaj la maŝinoj havis planon, kaj ĝi funkciis.

1. aventuro - adventure
2. bipis - beeped
3. ĉambro - room
4. ĉielo - sky
5. ekscitita - excited
6. flugis - flew
7. forlasi - to leave
8. kestoj - boxes
9. klak! - clunk!
10. kosmoŝipo - spaceship
11. malvarma - cold
12. malmola - hard
13. mondo - world
14. planedo - planet
15. sekure - safely

Nova Hejmo

La kosmoŝipo flugis tra la spaco, en trankvilo kaj paco. La steloj brilis kiel malgrandaj lumoj en la malproksimo. Arturo serĉis novan planedon, sekuran lokon por la cerboj. Ili bezonis hejmon malproksime de la granda, ruĝa suno.

Tagoj pasis. Arturo kaj la maŝinoj esploris multajn planedojn. Iuj estis tro varmaj, aliaj tro malvarmaj, kaj kelkaj tute ne havis aeron. Ili bezonis trovi la perfektan lokon.

Tiam, ili vidis ĝin: blua kaj verda planedo, ne tro granda, ne tro malgranda, ĝuste taŭga.

"Ĉi tiu planedo aspektas bona," diris Arturo. La maŝinoj kontrolis la aeron kaj akvon. Ĉio estis perfekta.

La maŝinoj laboris diligente, konstruante novajn hejmojn por la cerboj. La hejmoj estis kiel grandaj, varmaj kapsuloj, kiuj konservis la cerbojn sekuraj kaj feliĉaj.

Arturo helpis la maŝinojn. Li portis materialojn, preparis manĝaĵon, kaj parolis al la cerboj. "Vi ĝuos ĉi tie," li diris al ili.

La cerboj nun troviĝis en siaj novaj hejmoj, refoje sonĝante. Arturo rigardis ilin, sentante sin feliĉa vidi ilin sekuraj.

Sed Arturo sopiris sian tempon. Li sopiris sian laboratorion kaj siajn librojn. Li sopiris la ĉielon kaj la arbojn. Li volis reiri hejmen.

"Mi devas reveni," Arturo diris al la maŝinoj.

"Ni malĝojos pro via foresto, Arturo," diris la maŝinoj. "Vi estas nia amiko."

"Ankaŭ mi malĝojos," diris Arturo. "Sed mi devas iri."

Arturo iris al sia tempomaŝino. Ĝi ankoraŭ estis granda kaj arĝenta, kun butonoj kaj ekranoj. Arturo agordis la maŝinon por reveni al sia tempo.

Estis lumflaŝo. La aventuro finiĝis. Arturo reiris tre rapide.

Li alvenis en sian laboratorion, kiu estis trankvila. Arturo estis hejme.

Li ĉirkaŭrigardis. Tie estis liaj libroj kaj lia teo. Tie estis lia seĝo kaj lia pordo. Ĉio estis la sama.

Arturo ridetis. Li spertis grandan aventuron. Li savis la lastajn homojn kaj vidis la estontecon.

Sed nun li estis hejme, tie kie li apartenis. Arturo faris tason da teo, sidiĝis kaj pensis pri sia aventuro.

Ĝi estis bona rakonto. Iun tagon, li rakontos ĝin al aliaj. Sed por nun, Arturo estis feliĉa esti hejme.

1. aero - air
2. agordis - adjusted
3. alvenis - arrived
4. apartenis - belonged
5. aventuro - adventure
6. cerboj - brains
7. faris - made
8. flugis - flew
9. hejmo - home
10. laboratorion - laboratory
11. lumflaŝo - flash of light
12. maltrafis - missed
13. manĝaĵon - food
14. planedo - planet
15. reiris - went back

En Antikva Romo

Artura Nova Vojaĝo

En malgranda urbo en Anglio, la garaĝo de Arturo lumis per strangaj lumoj. Ene, Arturo, scivolema viro kun sovaĝa hararo, estis okupita pri sia miranda inventaĵo. Ĝi estis tempomaŝino, pri kiu li laboris dum multaj jaroj. Hodiaŭ, Arturo sentis sin preta por nova vojaĝo.

"Bone," li diris al si mem, rigardante la malnovajn romajn monerojn en sia mano. "Romo, 100 p.K. Jen mi venas!"

Li agordis la kontrolpanelon de sia maŝino, kiu estis granda kaj kunmetita el metalo kaj dratoj. La maŝino ekzumis laŭte, kiel granda abelo. Arturo firme tenis sin. Brila lumflaŝo aperis, kaj li fermis siajn okulojn.

Kiam li malfermis ilin, ĉio estis trankvila. Li estis ekstere, en la nokto. La aero estis varma kaj havis odoron de herbo kaj tero. Li ne plu estis en Anglio. Li troviĝis proksime de granda urbo kun altaj muroj — antikva Romo.

"Vaŭ," li flustris kaj elpaŝis. La steloj supre brilis malsame ol hejme. Arturo prenis sian sakon kaj kaŝis sian tempomaŝinon malantaŭ kelkaj altaj arbustoj. Li ne volis, ke iu ajn ĝin trovu.

Li komencis marŝi al la urbo. Estis tre mallume. Nur la steloj kaj la luno lumis. La urbaj muroj estis proksimaj nun, kaj li povis aŭdi bruojn — homojn kriantajn, ĉevalojn, kaj ion alian, ion strangan.

Subite, viroj eliris el la ombroj. Rabistoj!

"Mono! Donu!" diris unu per kruda latino, etendante malpuran manon.

Arturo estis ŝokita. "Mi... mi ne komprenas," li balbutis, sed la viro nur fruntis.

"Donu! Nun!" la rabisto diris pli laŭte.

La rabistoj proksimiĝis. Arturo ne havis elekton. Li donis al ili sian sakon. Ili prenis liajn monerojn, lian manĝaĵon — ĉion. Unu provis preni la mantelon de Arturo, sed ĝi estis tro strikta.

1. abelo - bee
2. arbustoj - bushes
3. balbutis - stammered
4. brila - bright
5. fruntis - frowned
6. garaĝo - garage
7. lumflaŝo - flash of light
8. muroj - walls
9. odoris - smelled
10. p.K. (post Kristo) - AD (Anno Domini)
11. rabistoj - bandits
12. sakon - bag
13. scivolema - curious
14. skalojn - dials
15. sovaĝaj - wild

Kaptita

La koro de Arturo batis rapide. La rabistoj ligis liajn manojn per malglata ŝnuro kaj forprenis lin for de la urbaj muroj, en la mallumon. Arturo provis marŝi sen fali, sed la tero estis malebena, kaj li stumblis sur la ŝtonoj kaj grundo.

"Kien ni iras?" demandis Arturo, sed la rabistoj ne respondis. Ili nur puŝis lin antaŭen.

Ili alvenis al malgranda tendaro kun fajroj kaj tendoj. Aliaj homoj estis tie, iuj dormis, dum aliaj rigardis Arturon kun scivolemaj okuloj. La rabistoj puŝis lin sidiĝi apud fajro.

"Mi ne estas de ĉi tie," Arturo provis klarigi. "Mi venas el la estonteco, tempo malproksima de nun."

La rabistoj rigardis unu la alian kaj ridis. "Li estas freneza," diris unu.

"Jes, neniu povas veni el la estonteco," aldonis alia.

La koro de Arturo sinkis. Ili ne kredis lin. Ili pensis, ke li estas freneza. La rabistoj parolis inter si per mallaŭtaj voĉoj. Poste ili diris, "Ni vendos vin. Vi fariĝos sklavo."

La okuloj de Arturo larĝiĝis. "Ne, mi petas, vi ne povas fari tion!"

Sed estis vane. Ili ne aŭskultis lin. Ili ne zorgis.

La sekvan matenon, ili marŝis reen al Romo. La urbo jam estis veka. Homoj estis ĉie. Ili kriis, parolis, ridis, kaj vendis varojn. Estis odoroj de manĝaĵo kaj bestoj. Ĉio estis samtempe tre nova kaj tre antikva.

Ili alvenis al loko plena de homoj. Ĝi estis merkato, sed ne por manĝaĵoj. Ĝi estis por homoj. Sklavoj.

Viro alrigardis Arturon. "Mi bezonas fortan viron," li diris. "Mi prenos lin."

Arturo volis kuri, sed kien li povus iri? Liaj manoj estis ligitaj, kaj homoj estis ĉie ĉirkaŭ li. Li sentis timon kaj solecon en ĉi tiu antikva, fremda mondo.

La rabisto prenis la monon, kaj la viro forkondukis Arturon. Arturo nun estis sklavo en antikva Romo. Lia koro estis peza, kaj li ne sciis, kion fari. Sed li sciis, ke li ne povas rezigni. Li devis trovi manieron reiri al sia tempomaŝino, reen al sia propra tempo.

1. antaŭen - forward
2. aŭskultis - listened
3. bestoj - animals
4. dormantaj - sleeping
5. estonteco - future
6. fajroj - fires
7. forprenis - took away
8. freneza - mad, insane
9. koro - heart
10. malnova - old
11. merkato - market
12. monon - money

13. rabistoj - bandits
14. rezigni - give up
15. tendaro - camp

Vivo kiel Gladiatoro

La nova mastro de Arturo kondukis lin al granda, polva loko, kie multaj viroj trejnis. "Ĉi tie vi lernos esti gladiatoro," diris la mastro.

La loko bruis pro la sonoj de glavoj frapantaj unu la alian kaj viroj kriantaj. Arturo ricevis lignan glavon. Ĝi pezis en lia mano. "Vi trejnos per ĉi tio," diris granda viro al li.

Ĉiutage, Arturo trejnis. Li klopodis lerni kiel batali. La aliaj viroj estis grandaj kaj lertaj batalantoj. Ili ridis, kiam Arturo provis kaj malsukcesis fari ĝin ĝuste.

"Vi estas tro malrapida!" kriis unu viro.

"Vi batalas kiel infano!" ridis alia.

Arturo sentis sin malĝoja kaj sopiris sian hejmon.

Iun tagon, la granda viro diris, "Morgaŭ vi batalos en la Koloseo." La koro de Arturo eksaltis. Li ne estis preta por vera batalo.

La sekvan tagon, la suno brilis varme kaj hele. La Koloseo estis plena de homoj, bruaj kaj avide atendante bonan batalon.

Arturo eniris la arenon. La tero sub liaj piedoj estis kovrita per sablo. Nun li havis veran glavon, kiu estis akra kaj brilis en la suno.

La batalo komenciĝis. Arturo batalis tiel bone, kiel li povis, rememorante sian trejnadon. Sed la alia batalanto estis forta kaj rapida. Arturo ricevis frapon kaj falis al la tero.

La homamaso kriis, kolera, ĉar ili volis vidi pli bonan batalon. Arturo estis vundita, kaj la sablo algluiĝis al lia vizaĝo.

Li estis forportita, kaj liaj vundoj estis prizorgitaj. Sed li sciis, ke li devas eskapi. Li ne povis resti ĉi tie. Li devis trovi sian tempomaŝinon kaj reiri al sia propra tempo.

1. algluiĝis - stuck
2. batalanto - fighter
3. batalas - fights
4. batalo - battle
5. estis - was
6. forportita - taken away
7. frapita - hit
8. glavon - sword
9. homamaso - crowd
10. Koloseo - Colosseum
11. laŭta - loud
12. malĝoja - sad
13. malrapida - slow
14. prizorgitaj - looked after
15. sablo - sand

Nova Majstro

Post la batalo en la Koloseo, Arturo kuŝis en malgranda ĉambro. Lia korpo doloris, sed baldaŭ venis viro. Li estis bone vestita kaj havis afablajn okulojn. "Mi aĉetis vin," li diris al Arturo. "Kiel vi nomiĝas?"

"Arturo," li respondis, iom timigite.

"Bone, Arturo. Mi estas Markus. Nun vi laboros en mia domo."

Arturo kapjesis, ne sciante kion alian fari. Markus kondukis lin al sia granda domo, kiu estis bela, kun multaj ĉambroj kaj ĝardenoj. Arturo neniam antaŭe vidis tian lokon.

"Vi servos ĉe mia tablo," diris Markus al li. "Vi portos manĝaĵon kaj vinon, kaj vi certigos, ke miaj gastoj estu kontentaj."

Arturo laboris diligente. Li portis telerojn da manĝaĵo kaj kruĉojn da vino, ĉiam aktiva kaj atenta. Li aŭdis homojn parolantajn latine kaj iom post iom komencis kompreni.

"Salve," li diris al la gastoj, kio signifis 'saluton'.

Markus observis Arturon. "Vi faras bone," li diris iun tagon. "Vi estas bona laboristo."

Arturo ridetis, sed interne, li estis malĝoja. Li sopiris sian tempon kaj sian hejmon. Li volis trovi sian tempomaŝinon kaj reiri. Sed li ne sciis, kien la rabistoj ĝin portis.

Ĉiutage, li pensis pri kiel eskapi. Li atente rigardis la pordojn kaj la gardistojn. Li devis esti singarda. Se ili kaptus lin provante forkuri, la konsekvencoj povus esti severaj.

Sed Arturo daŭre esperis. "Iun tagon," li pensis, "mi revenos al mia tempo." Kaj ĉiutage, li observis kaj atendis sian ŝancon eskapi.

1. aĉetis - bought
2. afablajn - kind
3. ĉambroj - rooms
4. ĉiutage - every day
5. diligente - diligently
6. doloris - ached
7. esperis - hoped
8. forkuri - run away
9. gardistojn - guards
10. ĝardenoj - gardens
11. kapjesis - nodded
12. kruĉojn - jugs
13. laboristo - worker
14. singarda - careful
15. telerojn - plates

La Eskapo

Estis malvarma nokto. La luno brilis sur la stratoj de Romo. Arturo kuŝis en sia malgranda lito, sed ne povis dormi. Li pensis pri sia tempomaŝino.

Subite, li aŭdis bruon. Ĝi estis la pordo. Ĝi ne estis ŝlosita! Ĉi tio estis lia ŝanco!

Arturo leviĝis kviete, surmetis siajn ŝuojn kaj malfermis la pordon, rigardante eksteren. Neniu estis tie. Li eliris en la straton, moviĝante tre silente.

Li paŝis tra la mallumaj stratoj, singarda por eviti la gardistojn. Li memoris la lokon, kie li kaŝis sian maŝinon, ekster la urbo. Li devis atingi ĝin.

Li aŭdis kriadon. "Forkurinta sklavo!" La gardistoj serĉis lin. Arturo sentis timon, sed li devis daŭrigi.

Li kuregis tra la stratoj, lia koro batis tre rapide. Fine, li alvenis al la loko kaj serĉis sian maŝinon, sed ĝi ne estis tie. Kie ĝi povus esti?

Li aŭdis la gardistojn denove, proksimaj. Arturo rigardis ĉirkaŭe. Fine, li vidis ĝin, kaŝita sub kelkaj arbustoj.

Arturo kuregis al la maŝino, malfermis ĝin kaj eniris. Li startigis la maŝinon, kiu ekbruis laŭte. Li agordis la skalojn por sia propra tempo, preta reiri hejmen.

La maŝino komencis skui, kaj brila lumo ekaperis. Arturo reiris al sia tempo, sentante samtempe feliĉon kaj timon. Li eskapis el antikva Romo. Li revenis hejmen.

1. agordis - adjusted
2. arbustoj - bushes
3. batis - beat
4. bruon - noise
5. daŭrigi - continue
6. eskapis - escaped
7. gardistoj - guards
8. kriadon - shouting
9. kuregis - ran
10. kviete - quietly
11. laŭtan - loud
12. mallumaj - dark
13. malvarma - cool
14. pordo - door

Ĉasado Tra Tempo

La koro de Arturo batis forte dum li kaŝiĝis en la maŝino. La zumado plilaŭtiĝis, signalante ke ĝi estis preta por salto tra tempo. La oranĝa lumo de torĉoj flakris en la malproksimo, kaj la bojado de hundoj fariĝis pli laŭta. Ili venis por li.

Ekstere, la gardistoj kriis unu al la alia, iliaj voĉoj pli proksimiĝis.

"Kio estas tiu lumo?" kriis unu gardisto, montrante al la lumanta maŝino.

Arturo rigardis tra malgranda fenestro, vidante la formojn de viroj proksimiĝantaj, iliaj torĉoj saltetantaj kiel koleregaj lampiroj en la nokto. Li premis la finan butonon, kaj la maŝino ekvibris sub lia tuŝo.

La voĉo de gardisto tranĉis tra la nokto. "Tie! Kio estas tio?"

La lumo de la maŝino fariĝis blindiga, kaj kun zumado, Arturo sentis ĝin skuiĝi. La mondo ekstere de la fenestro tordiĝis kaj nebuleciĝis en strekoj de koloro.

La gardistoj atingis la lokon, kie la maŝino estis nur antaŭ momento. Ili haltis, kun larĝaj okuloj. Kie estis la stranga skatolo, nun estis nur malplena spaco. La hundoj flaris la teron, ĝemante, konfuzitaj.

"Ĉu ĝi simple malaperis?" demandis gardisto, kun timo en sia voĉo.

"Magio," alia flustris, kruce signante sin. "Ĝi devas esti sorĉado."

Ili staris tie, rigardante la malplenan spacon, neniu kuraĝis paŝi pli proksimen al la loko, kie estis la stranga lumo. La plej aĝa gardisto skuis la kapon.

"Ni ne parolos pri ĉi tio. Kiu kredus nin?" li diris.

La aliaj kapjesis, forirante de la loko, avidaj lasi la magion kaj misteron malantaŭe.

Dume, la koloroj kaj lumoj kirliĝis ĉirkaŭ Arturo. Li rapidegis tra la jaroj, tra jarcentoj, ĉiam pli rapide, kiel folio kaptita en sovaĝa rivero. La vizaĝoj de la romaj gardistoj fadis en la turniĝo de tempo.

"Mi revenas hejmen," li flustris al si mem, kun miksaĵo de reliefo kaj triumfo en sia voĉo. La aventuro en antikva Romo estis finita, kaj lia mondo, lia tempo, atendis lian revenon.

1. aventuro - adventure
2. bojado - barking
3. fadis - faded
4. flakris - flickered
5. gardistoj - guards
6. kruce signante - crossing themselves
7. lampiroj - fireflies
8. lumanta - glowing
9. lumo - light
10. magio - magic
11. malplena - empty
12. montrante - pointing
13. rapidegis - raced
14. rivereto - stream
15. zumado - humming

Hejme Denove

Arturo sentis, ke la maŝino malrapidiĝas. Lia vojaĝo tra la turniĝanta tunelo de lumo kaj koloro alproksimiĝis al la fino. Li preparis sin por la fina momento.

Kun skuo, kiu ekstremigis liajn ostojn, la maŝino haltis. Arturo kelkfoje palpebrumis, lia koro ankoraŭ frapis rapide. Li timis malfermi la pordon, timante, ke io misfunkciis. Sed li devis rigardi.

Li puŝis la pordon malfermen kaj jen—lia laboratorio, ĝuste kiel li lasis ĝin, kun la malforta odoro de oleo kaj metalo. Sunlumo fluadis tra la fenestroj, polvo dancante en la radioj.

"Ĉu mi vere revenis?" li flustris.

Eliĝante el la maŝino, Arturo sentis solidan teron sub siaj piedoj. Ĉio estis finita. Li estis reen en sia propra tempo.

"Mi sukcesis," li diris laŭte, rideto disvastiĝante sur lia vizaĝo.

Sed li estis malordo. Liaj vestoj estis ŝiritaj kaj malpuraj pro liaj travivaĵoj. Li rigardis sian tempomaŝinon, ĉi tiun nekredeblan inventaĵon, kiu prenis lin al lokoj, kiujn li neniam revis vidi.

"Neniu plu por nun," li decidis, ŝlosante la maŝinon kaj enpoŝigante la ŝlosilon.

Arturo iris al la banĉambro kaj lavigis la malpuraĵon de sia haŭto. La varma akvo sentiĝis kiel miraklo post la malvarmaj noktoj en antikva Romo.

Post puriĝo, li faris al si tason da teo kaj sidiĝis ĉe sia skribotablo. Li eltiris freŝan notlibron kaj komencis skribi, detale priskribante ĉion, kio okazis. Dum li skribis, li demandis sin, ĉu iu iam kredos lian rakonton.

La sekvaj horoj pasis en trankvila reflekto, interrompita nur de la okazaj glutoj da teo. Lia mano kramfis dum li skribis la finajn vortojn de sia aventuro. Li fermis la notlibron kaj malantaŭen kliniĝis en sia seĝo.

"Ĉu mi faru ĝin denove?" li pripensis, rigardante la ŝlositan tempomaŝinon. Por nun, li havis sufiĉe da ekscito. Aventuro devos atendi. La suno subiris, kaj la laboratorio prenis oran brilon.

Arturo decidis iri eksteren por promeni, por senti la Teron sub siaj piedoj, la venton sur sia haŭto. La moderna mondo, kun ĝiaj aŭtoj kaj bruo kaj konstanta movado, sentiĝis kiel stranga komforto.

Li ŝlosis la laboratorion malantaŭ si, profunde enspirante la vesperan aeron. Hejme finfine, en sia propra tempo, en sia propra mondo, Arturo sentis profundan pacon.

"Eble iam mi vojaĝos denove," li meditis dum li promenis, "sed por nun, ĉi tio estas kie mi apartenas."

1. apartenas - belongs
2. aŭtoj - cars
3. aventuro - adventure
4. banĉambro - bathroom
5. decidis - decided
6. ekscito - excitement
7. enpoŝigante - pocketing
8. laboratorio - laboratory
9. lavigis - washed
10. malordo - mess
11. miraklo - miracle
12. notlibron - notebook
13. promenadi - to walk
14. reflekto - reflection
15. ŝlositan - locked

La Horloĝo Kiu Perdis Sian Tempon

En malgranda domo en malgranda urbo vivis knabo nomata Tim. Tim portis grandajn okulvitrojn, kiuj igis liajn okulojn aspekti tre grandaj. Li estis tre inteligenta, ĉiam pensanta kaj scivolanta pri ĉio.

Iun tagon, Tim grimpis al la subtegmento. Ĝi estis polva kaj plena de malnovaj aĵoj. Tie, li trovis horloĝon. Sed ĉi tiu ne estis ordinara horloĝo. Ĝi estis tre granda kaj havis vizaĝon kun steloj, kie la ciferoj devus esti.

Tim pensis, "Ĉi tio estas stranga. Kial ĝi havas stelojn?" Li decidis purigi ĝin. Dum li viŝis for la polvon, la horloĝo komencis brili. Ĝi elsendis molan lumon. Tim paŝis malantaŭen, surprizita.

Tiam io eĉ pli stranga okazis. La montriloj de la horloĝo komencis moviĝi memstare, sed ili moviĝis malantaŭen!

Tim ne povis kredi siajn okulojn. "Horloĝoj ne faras tion," li diris al si mem.

Subite, li aŭdis voĉon. Ŝajnis, ke ĝi venis el la horloĝo! Ĝi estis profunda, varma voĉo, kaj ĝi diris, "Elektu stelon kaj faru deziron."

Tim pensis, ke li devas revi. Sed li decidis ludi laŭe. Li rigardis la stelojn sur la vizaĝo de la horloĝo kaj montris al la plej brila. Poste li fermis siajn okulojn kaj diris, "Mi deziras vidi dinosaŭrojn."

Tuj kiam la vortoj eliris el lia buŝo, la ĉambro komencis turniĝi. Tim sentis la mondon turniĝi supren kaj malsupren denove. Li tenis la horloĝon por ne fali. Ĝi estis kvazaŭ ferdega veturilo en lia propra subtegmento!

Kaj jen, la turniĝo haltis. Tim malfermis siajn okulojn kaj apenaŭ povis kredi tion, kion li vidis. Li ne estis plu en la subtegmento. Kie li estis? Kio okazos poste?

1. apenaŭ - hardly
2. brila - bright
3. dinosaŭrojn - dinosaurs

4. fiera - proud
5. grimpis - climbed
6. horloĝo - clock
7. inteligenta - intelligent
8. ludi laŭe - play along
9. malantaŭen - backwards
10. mirante - wondering
11. montriloj - hands (of a clock)
12. numeroj - numbers
13. polva - dusty
14. purigi - to clean
15. tegmenta ĉambro - attic

Lando de la Gigantoj

Tim staris senmove, lia buŝo larĝe malfermita. Li troviĝis en mondo, kie la arboj estis tiel altaj, ke ŝajnis kvazaŭ ili tuŝas la ĉielon. Ĉio estis giganta!

Ĉirkaŭe promenis dinosaŭroj de ĉiuj specoj. Kelkaj manĝis foliojn, aliaj kuris kaj ludis. La dinosaŭroj havis tiom da koloroj kiel birdoj, kaj ili eligis laŭtajn sonojn.

Subite, malgranda dinosaŭro alproksimiĝis al Tim. Ĝi ne estis multe pli granda ol hundo kaj havis helajn, scivolemajn okulojn.

"Saluton," diris Tim, surprizite ke li parolas al dinosaŭro.

La dinosaŭro klinis sian kapon, aspektante amikece.

"Mi nomos vin Dina," decidis Tim.

Dina ŝajne ŝatis sian nomon kaj svingis sian voston.

Dina kondukis Tim sub grandan arbon kaj montris al li berojn. Ili estis dolĉaj kaj bongustaj. Tim ridis dum Dina faris amuzajn sonojn, kvazaŭ dirante al li, ke ili estas sekuraj por manĝi.

Ili pasigis la tagon ludante en ĉi tiu dinosaŭra mondo. Tim grimpis arbojn kaj Dina postkuris lin. Estis amuze kaj ekscite.

Sed tiam, la amuzo subite ĉesis. La tero ekŝanceliĝis, kaj laŭta bleko plenigis la aeron.

La koro de Tim batis rapide. "Kio estas tio?" li kriis super la bruo.

Dina eligis timigitan sonon kaj rigardis en la direkton de la arboj.

El inter la arboj aperis tre granda dinosaŭro. Ĝi estis enorma, kun grandaj piedoj, kiuj tremigis la teron.

Tim kaj Dina ne atendis. Ili kuris tiel rapide kiel ili povis kaj trovis grandan arbuston, malantaŭ kiu ili kaŝis sin.

"Ĉu ĝi trovos nin?" flustris Tim, provante ne fari bruon.

Dina puŝetis lin, kvazaŭ por diri, "Estu silenta."

Ili atendis, senmoviĝante kaj senbrue, dum la granda dinosaŭro blekis ekstere. Tim esperis, ke ili estos sekuraj. Li sopiris sian hejmon, sed sciis, ke li devas esti brava en la Lando de la Gigantoj.

1. amuze - amusingly
2. arbusto - bush
3. arbo - tree
4. bleko - roar
5. brava - brave
6. dinosaŭro - dinosaur
7. ekscite - excitingly
8. enorma - enormous
9. flustris - whispered
10. giganta - giant
11. grimpis - climbed
12. kapon - head
13. laŭta - loud
14. malfermita - open
15. piedoj - feet

La Dinosaŭra Danco

Tim kaj Dina kaŝiĝis, iliaj koroj rapide batis. La giganta dinosaŭro alproksimiĝis, kaj ĝiaj enormaj piedoj skuadis la teron kun ĉiu paŝo, kiun ĝi faris.

Subite, la granda dinosaŭro haltis. Ĝi eligis molan, fufantan sonon, kiu ne ŝajnis kolera aŭ malamika. Ĝi rigardis Timon kaj Dinan per afablaj, scivolemaj okuloj.

"Mia nomo estas Rekso," ĝi diris per profunda, tamen amika voĉo.

Tim ne povis kredi tion. "Vi povas paroli!" li ekkriis.

"Jes, kaj mi amas danci," diris Rekso kun rideto. "Ĉu vi ŝatus aliĝi al mi?"

Tim estis surprizita, sed ĝojigita. "Ni tre volus!"

Do, Rekso montris al Tim kaj Dina kiel piedfrapi kaj svingi siajn manojn. Ĝi estis dinosaŭra danco. Tim ridis dum li dancis, sentante la ritmon kiel korbaton en la tero.

Aliaj dinosaŭroj venis por spekti. Ili aliĝis, moviĝante laŭ la takto. Kelkaj estis altaj kun longaj koloj, kaj kelkaj estis malgrandaj kaj rapidaj. Ĉiuj dancis laŭ sia propra maniero.

La arbaro plenis de muziko kaj ridado. La dinosaŭroj havis grandan feston, kaj Tim fariĝis parto de ĝi. Ili dancis sub la altaj arboj kaj brilaj steloj.

La rido de Tim miksiĝis kun la sonoj de la arbaro. Li sentis sin libera kaj sovaĝa, dancante kun siaj novaj dinosaŭraj amikoj.

Sed tiam, la festo subite haltis. La ĉielo iĝis tre malluma, kvazaŭ ŝtormo alproksimiĝas. Tim suprenrigardis kaj vidis grandan rokon, flaman kaj falantan de la ĉielo.

"Tio ne estas bona," diris Rekso, aspektante maltrankvila.

La koro de Tim sinkis. "Tio estas meteoro. Ĝi estas danĝera!"

Li sciis el libroj, ke meteoroj povas forte frapi la teron. Li rememoris, kio okazis al la dinosaŭroj en lia mondo.

"Mi devas reiri," diris Tim, sentante timon. "Mi devas trovi mian horloĝon."

Dina frotis sin kontraŭ li, ŝiaj okuloj malĝojaj.

"Mi dezirus povi kunporti vin," diris Tim al ŝi.

Rekso kapjesis. "Iru, eta homo. Trovu vian vojon hejmen."

Tim brakumis Dinan kaj Rekson. "Mi neniam forgesos vin," li diris.

Poste li ekkuris, pli rapide ol li iam ajn kuris, por trovi la brilantan horloĝon kaj fari la deziron reiri hejmen. La meteoro alproksimiĝis, kaj Tim sciis, ke li ne havas multe da tempo. Li devis eskapi el la pasinteco kaj reveni al sia propra mondo.

1. alproksimiĝis - approached
2. arbaro - forest
3. brakumis - hugged
4. danco - dance
5. dinosaŭro - dinosaur
6. eskapi - escape
7. frotis - nuzzled
8. fufanta - huffing
9. haltis - stopped
10. koro - heart
11. maltrankvila - worried
12. meteoro - meteor
13. pasinteco - past
14. rideto - smile
15. ŝtormo - storm

La Konkurso Kontraŭ Tempo

Tim staris antaŭ la antikva horloĝo, kies surfaco brilis per arĝenta lumo. Lia koro batis rapide, dum la tero tondre tremis sub la proksimiĝanta fajra roko.

Li tuŝis la stelon sur la vizaĝo de la horloĝo kaj kun sia tuta forto deziris, "Bonvolu, konduku min hejmen!"

Larmoj plenigis liajn okulojn dum li rigardis Dinan kaj Rekson. "Adiaŭ, miaj amikoj," li flustris. La eta dinosaŭro frotis lian manon, dum Rekso kapjesis milde, liaj gigantaj okuloj plenaj de kompreno.

Kvazaŭ respondante al la urĝa bezono de Tim, la montriloj de la horloĝo ekturniĝis rapide malantaŭen. La brilo intensiĝis, ĉirkaŭkovrante lin per varma, protekta lumo.

Tim paŝis sur la bazon de la horloĝo. Ĝi tremetis kiel folio en la vento, preparante sin por katapulti lin tra la epokoj.

Rigardante malsupren, li vidis kiel la meteoro koliziis kun la tero per giganta eksplodo, sendante nubojn da polvo kaj rubo en la ĉielon.

Sed li jam supreniris, la horloĝo portante lin supren, supren kaj for de la ĥaoso sube. La mondo fariĝis nebula ĉirkaŭ li, dum la horloĝo tranĉis tra la ŝtofo de tempo mem.

Tim rigardis, mirigita, dum scenoj el malsamaj epokoj flugis antaŭ liaj okuloj. Li vidis la supreniron kaj falon de imperioj, la konstruadon de mirindaĵoj, kaj la marŝon de progreso, ĉion en la blinko de okulo.

Fine, kun skueto kiu ekstremigis liajn ostojn, la horloĝo haltis sian turniĝon. Tim trovis sin ŝvebanta en nova mondo, mezepoka pejzaĝo kun kasteloj kaj standardoj, tempo de kavaliroj kaj ĉevalireco.

Li staris sur la horloĝo, kiu nun milde malsupreniris al la tero meze de herbejo. Antaŭ li etendiĝis vigla vilaĝo kun lignaj, pajlotegmentaj dometoj kaj viva merkato plena de koloraj budoj kaj vendistoj.

La vilaĝanoj haltis kaj rigardis Timon kaj lian brilantan horloĝon. Ili neniam vidis ion similan al li, kun liaj strangaj vestoj kaj lia magia alveno.

Tim paŝis de la horloĝo, lia menso rapide pripensante. Li estis ankoraŭ malproksima de hejmo, en mondo tiel fremda kiel la lando de la dinosaŭroj.

Li sciis, ke li devas gardi la horloĝon sekura, ĉar ĝi estis lia sola vojo reen al sia propra tempo. Sed ĉi tie, en mondo plena de kavaliroj kaj aventuro, kiu sciis, kiajn danĝerojn li povus renkonti?

Prenante profundan spiron, li pretigis sin por esplori ĉi tiun novan, malnovan mondon, esperante trovi la stelon kiu donus al li lian sekvan deziron—la deziron kiu fine kondukus lin hejmen.

1. adiaŭ - goodbye
2. bazo - base
3. brilo - glow, shine
4. ĉevalireco - chivalry
5. ĉirkaŭbrilante - encircling with light
6. dinosaŭro - dinosaur
7. eksplodo - explosion
8. epoko - era
9. fajra - fiery
10. flustris - whispered
11. giganta - giant
12. katapultilo - catapult
13. kompreno - understanding
14. marŝo - march, progression
15. nebuleca - blurred, nebulous

Kavaliroj kaj Kvestoj

En la koro de mezepoka vilaĝo, kun ĝiaj kaldronegoj kaj viglaj merkatoj, staris Tim, sentante sin kiel figuro el fabela libro. Kasteloj kun altaj, ŝtonaj turoj tuŝis la ĉielon, kaj flagoj flirtis en la brizo.

Kavaliroj vestitaj en brilantaj kirasoj rajdis siajn potencajn ĉevalojn tra la stratoj. Iliaj kirasoj klakadis je ĉiu paŝo de la ĉevaloj, kaj la vilaĝanoj haltis kaj rigardis ilin, iliaj vizaĝoj plenaj de admiro.

Unu el la kavaliroj, vidante la konfuzitan esprimon de Tim, haltigis sian ĉevalon. Li estis alta viro kun afabla vizaĝo, kadrita de lia kasko. "Saluton, juna skviro," li alvokis. "Ŝajnas, ke vi perdiĝis. Mi estas Sinjoro Lance. Kio alportis vin ĉi tien?"

Tim, ankoraŭ kunpremante la malnovan horloĝon, rigardis supren al la kavaliro kaj hezitis antaŭ ol diri, "Mi... Mi estas sur vojaĝo, Sinjoro Lance. Sed mia vojo iom konfuziĝis."

Sinjoro Lance glate malsupreniris de sia ĉevalo kaj proksimiĝis al Tim. "Nu, eble vi povus helpi min en mia serĉado, kaj rekompence, mi povus helpi vin trovi vian vojon. Mi serĉas valoran juvelon, unu kiu estis ŝtelita de malbona drako."

La okuloj de Tim larĝiĝis ĉe la mencio de drako. Sed li memoris, kiel li alfrontis dinosaŭrojn kaj pensis, "Kiel drako povus esti pli timiga?" Do li kapjesis kaj konsentis, "Mi helpos vin, Sinjoro Lance. Mi jam havis iom da aventuroj kun grandaj estaĵoj."

Kune, ili ekiris, lasante la vilaĝon malantaŭe. Ili transiris verdajn arbarojn plenajn de ĉirpantaj birdoj kaj rapidkurantaj sciuroj, kaj ili grimpis ondajn montetojn kovritajn per sovaĝaj floroj, kies koloroj brilis sub la suno.

Fine, ili alvenis ĉe la buŝo de malluma kaverno, el kiu fuma odoro elfluis. Interne, ili trovis la drakon, kies skvamoj brilis kiel smeraldoj en la malhela lumo, kaj apud ĝi kuŝis la brilanta juvelo.

Sinjoro Lance flustris planon al Tim, kaj kun granda kuraĝo, ili paŝis al la juvelo. Sed la drako vekiĝis, ĝiaj okuloj brulis kiel fajraj karboj. Kun muĝo, kiu skuigis la kavernon, la besto saltis al ili.

Tim kaj Sinjoro Lance, kunpremante la juvelon, kuris el la kaverno. La varma spiro de la drako estis ĉe iliaj kalkanoj, ĝiaj muĝoj tondregis en iliaj oreloj.

Eksteren ili kuris en la taglumon, koroj bategantaj, kruroj dolorantaj, ĝis fine, ili estis ekster la atingo de la drako. Ili haltis por kapti spiron, rigardante la juvelon, kiu briletis en la mano de Sinjoro Lance.

"Ni sukcesis!" ekkriis Sinjoro Lance, "Dankon al vi, juna Tim. Vi havas la koron de kavaliro!"

Tim ridetis, sentante sin brava kaj ekscitita. "Dankon, Sinjoro Lance. Tio estis pli ekscita ol iu ajn rakonto, kiun mi iam legis!"

Kune, ili revenis al la vilaĝo, herooj de sia propra granda aventuro. Sed Tim sciis, ke lia vojaĝo ankoraŭ ne finiĝis. Li bezonis trovi la vojon reen al sia propra tempo.

Li rigardis la malnovan horloĝon, kies steloj ankoraŭ briletis milde. "Baldaŭ," li pensis, "mi faros deziron sur stelo, kaj mi estos hejme." Sed nun, li havis rakontojn, kiujn neniu kredus, kaj memorojn, kiuj daŭros dumvive.

1. afabla - kind
2. arbaro - forest
3. aventuro - adventure
4. brilanta - shining
5. ĉevalo - horse
6. drako - dragon
7. flago - flag
8. fuma - smoky
9. kavaliro - knight
10. kaverno - cave
11. kiraso - armour
12. klakis - clinked
13. konfuzita - confused
14. mirinda - wonderful, marvelous
15. muĝo - roar

La Sekreto de la Horloĝo

En la zumanta vilaĝplaco, sub la hela tagmeza suno, Sinjoro Lance donis al Tim pergamenon. "Pro via kuraĝo kaj helpo," li diris, lia voĉo plena de dankemo.

La mapo estis malnova, kun iomete eluzitaj randoj, sed la desegnitaj linioj sur ĝi estis klaraj kaj kompleksaj. Ĝi montris vojon al loko, kiun Tim neniam imagis — urbo de horloĝoj.

"Kie estas tiu loko, Sinjoro Lance?" Tim demandis, sekvante la liniojn per sia fingro.

"Ĝi estas kie ĉiu tempo komenciĝas kaj finiĝas, la koro de ĉiu momento," klarigis Sinjoro Lance. "Oni diras, ke sen ĝia ĉefa horloĝo tiktakanta, tempo mem haltus."

Tim sentis la pezon de la aventuro sur siaj ŝultroj. Kapjesante al Sinjoro Lance, li flustris sian deziron al la horloĝo, kaj en sorĉa vortico, ili forflugis, sovaĝe tra la ĉielo de tempo.

Ili mallaŭte alteriĝis sur kaldronegoj, ĉirkaŭitaj de turoj kaj konstruaĵoj ornamitaj per horloĝoj de ĉiuj formoj kaj grandecoj. Sed la urbo estis timige silenta; ne unu tiktako estis aŭdebla.

Tim kaptis la mapon, marŝante laŭ la silentaj stratoj, liaj paŝoj estis la sola sono. La urbo ŝajnis dormanta, atendante ion por veki ĝin.

Sekvante la mapon, Tim alvenis al la centro de la urbo. Tie staris la plej grandioza horloĝo, kiun li iam vidis, alta kaj majesta, sed ĝiaj montriloj estis senmovaj.

Li memoris la juvelon, nun varman en sia poŝo. Ĝi pulsadis kun ritmo simila al korbato, kaj Tim sciis, kion li devas fari.

Per milda klako, li enmetis la juvelon en la koron de la ĉefa horloĝo. Tremo trairis la urbon dum la engrenaĵoj de la horloĝo komencis turniĝi, ĝia pendolo svingiĝis antaŭen kaj reen.

Unu post la alia, la aliaj horloĝoj komencis tiktaki, iliaj sonoriloj kaj sonoriletoj plenigante la aeron per muziko. La urbo ne plu estis silenta; ĝi estis vivanta kun la sono de tempo.

Homoj eliris el siaj hejmoj, iliaj vizaĝoj disradiis ridetojn kiam ili vidis siajn horloĝojn funkciantajn denove. Ili dancis sur la stratoj, ilia ridado miksiĝante kun la simfonio de tempiloj.

"Dankon, Tim!" ili ĝojis. "Vi revenigis tempon al ni!"

Tim staris meze de la festado, lia koro ŝvelis pro fiero. Li helpis kavaliron kaj savis urbon de horloĝoj. Kia nekredebla vojaĝo ĝi estis!

Sed kiam li rigardis la malnovan horloĝon apud si, li sciis, ke estis tempo reveni al sia propra mondo. Kun lasta rigardo ĉirkaŭ la ĝoja urbo, Tim faris sian deziron, preta por la lasta parto de sia mirinda vojaĝo.

1. alteriĝis - landed
2. aventuro - adventure
3. dankemo - gratitude
4. desegnitaj - drawn
5. engrenagxoj - gears
6. frapetitaj - frayed
7. kavaliro - knight
8. klako - click
9. korbato - heartbeat
10. montriloj - hands (of a clock)
11. pendolo - pendulum
12. pergameno - parchment
13. pulsadis - pulsed
14. tiktako - tick-tock
15. vortico - whirl, vortex

Hejme Antaŭ Vespermanĝo

Tim staris en la koro de la horloĝurbo, ĉirkaŭita de la feliĉaj vizaĝoj de horloĝistoj kaj la varmaj sonoriloj de tempiloj. La ĉefa horloĝturo imponis supre, ĝiaj montriloj nun moviĝantaj gracie.

"Dankon, Tim," diris malnova horloĝo kun milda vizaĝo, ĝia voĉo kiel la flustro de pasantaj sekundoj. "Vi redonis al ni nian celon."

"Vi nun povas reveni al via tempo, al via hejmo," enmetis malgranda kuku-horloĝo, ĝia birdo ĝoje elpaŝante.

Kun rideto, Tim enmetis sian manon en la poŝon, sentante la stelforman ciferdiskon de la malnova horloĝo. Li fermis siajn okulojn kaj deziris, sentante la konatan vorticon de tempo envolvi lin.

Kiam li malfermis siajn okulojn, li estis reen en la polva subtegmenta ĉambro, la sunlumo fluante tra la fenestro, ĵetante radiojn sur la malnovan horloĝon. Ĝia vizaĝo estis restarigita, la ciferoj lokitaj kie la steloj estis, tikante fidinde.

El malsupre, la voĉo de lia panjo flugis supren, varma kaj konata. "Tim! Vespermanĝo pretas! Ne lasu ĝin malvarmiĝi!"

Li povis flari la bongustan aromon de sia plej ŝatata manĝaĵo — paŝtista torto — kaj lia stomako grumblis en respondo. Paŝante malsupren la krakantajn ŝtupojn de la subtegmenta ŝtuparo, li lasis la horloĝon kie ĝi sidis, ordinara objekto por iu ajn alia, sed por Tim, ĝi estis la gardanto de senlimaj rakontoj.

En la manĝoĉambro, lia familio sidis ĉirkaŭ la tablo, babilante pri sia tago. Lia fratino parolis pri sia lerneja teatraĵo, kaj lia paĉjo rakontis ŝercon el la laboro.

"Kiel estis via tago, Tim?" lia panjo demandis, pasigante al li pladon plenan de manĝaĵo.

Tim rigardis sian familion, sekreta rideto dancante sur liaj lipoj. "Kiel kutime," li respondis, pensante pri dinosaŭroj, kavaliroj, kaj urboj de horloĝoj.

Lia aventuro estis sovaĝa kaj vasta, vojaĝo tra la ŝtofo de tempo mem, sed ĉi tie, ĉe ĉi tiu tablo, kun la odoro de paŝtista torto kaj la sono de sia familio, li trovis malsaman specon de magio — la magion de hejmo.

Dum li manĝis, la gusto de la torto ankrante lin en la momento, Tim decidis. Li konservos la sekreton de la malnova horloĝo, la tempovojaĝojn, kaj la mondojn, kiujn li vidis. Ili estos liaj por ŝati, liaj por rememori dum li kuŝas en lito nokte.

Nun, aventuro povus atendi. Tim estis hejme, kaj tio estis la plej bona aventuro el ĉiuj. Li estis preta por morgaŭ, ĉar fine, ĉiu tik de la malnova horloĝo estis paŝo en la estontecon, kaj kiu scias, kion ĝi povus alporti?

Tim ridetis, kontenta kaj plena, ne nur de paŝtista torto, sed de la ĝojo kaj ekscito, kiujn nur aventuro tra tempo povis provizi.

1. aventuro - adventure
2. ciferdisko - dial
3. ĉambro - room
4. ĉirkaŭita - surrounded
5. estonton - future
6. fidinde - reliably
7. flustro - whisper
8. gardanto - keeper
9. grumblis - rumbled
10. imponis - loomed
11. kuku-horloĝo - cuckoo clock
12. manĝoĉambro - dining room
13. montriloj - hands (of a clock)
14. sonoriloj - chimes
15. tegmento - attic

Vojaĝo al Berlino

La Nekutima Malkovro de Lea

Lea serĉis tra skataloj en la subtegmento de sia avo kiam ŝiaj fingroj tuŝis ion metalan. Estis horloĝo, ne kiel ajna kiun ŝi antaŭe vidis. Ĝi havis strangajn simbolojn kie devus esti la numeroj. Scivolema, ŝi prenis ĝin kaj viŝis la tavolon de polvo.

"Avo, kio estas ĉi tio?" ŝi vokis, sed ne ricevis respondon. Li estis malsupre, kaj la subtegmento estis silenta, escepte de la kraketado kaj susurado de la malnova domo.

La simboloj estis kuriozaj, kvazaŭ etaj bildoj de lunoj, sunoj kaj steloj. Lea plufrotis la horloĝon, kaj dum ŝi faris tion, ĝi ekbrilis. Mola lumo elradiis de la ciferplato, fariĝante ĉiam pli hela.

Subite, la horloĝo komencis brui. Tio ne estis la kutima tiktakado de horloĝo; ĝi estis stranga, zumanta sono, kiu plenigis la tutan subtegmenton. Lea sentis venton leviĝi ĉirkaŭ ŝi, paperoj ekflugis, kaj la ĉambro ŝajnis turniĝi. Ŝi sentis kapturnon, kvazaŭ ŝi estus sur karuselo.

Ŝi firme fermis siajn okulojn, esperante ke ĉio haltos. Kiam ŝi denove malfermis ilin, la subtegmento malaperis. Lea staris sur trotuaro, kun homoj rapide pasantaj, malnovstilaj aŭtoj kiuj signalhornis, kaj ŝildoj en lingvo, kiun ŝi nur rekonis el siaj lernejaj lecionoj.

La homoj ĉirkaŭ ŝi portis vestojn, kiuj aspektis kvazaŭ ili estus el malnovaj filmoj, kiujn ŝi vidis en la televido kun sia avo—larĝaj pantalonoj kaj roboj kun kuriozaj desegnoj. Ŝi ĉirkaŭrigardis, provante kompreni ĉion.

Subite, kun ŝoko, Lea ekkomprenis ke ŝi ne plu estis en sia propra tempo. Ŝi rekonis la lokon el siaj historilibroj—la bunta grafitio sur la Muro, la maltrankvilaj vizaĝoj de la pasantoj. Ŝi estis en Okcidenta Berlino, en la 1970-aj jaroj, dividita urbo.

Ŝia koro batis rapide, miksante eksciton pri la aventuro kun timo. Ŝi estis sola en la pasinteco, sen ideo pri kiel reveni.

"Pardonu min," ŝi provis diri al virino preteriranta, "ĉu vi povas diri al mi kie mi estas?"

La virino ridetis, sed ŝancelis la kapon, rapide parolante en la germana. Lea ne komprenis.

Ŝi sentis panikon ŝvelantan en sia brusto, sed ŝi klopodis resti trankvila. Ŝi rememoris la horloĝon. Malrapide, ŝi enmetis la manon en sian poŝon kaj sentis la malvarman metalon kontraŭ siaj fingroj. Ĝi ankoraŭ brilis, milde pulsante kun lumo. Eble, nur eble, ĝi povus gvidi ŝin hejmen.

Sed nun, Lea estis blokita en la pasinteco, kaj ŝi devis elpensi kion fari poste. Ŝi ĉirkaŭrigardis, ŝiaj okuloj larĝaj pro miro kaj zorgo, sciante ke ĉi tio estis nur la komenco de ŝia neatendita vojaĝo.

1. brusto - chest
2. flustroj - whispers
3. grafitaĵo - graffiti
4. karuselo - merry-go-round
5. krakoj - creaks
6. lunoj - moons
7. malnova - old
8. metalaĵon - metal object
9. milda - gentle
10. pantalonoj - trousers
11. paperoj - papers
12. pardonu - excuse me
13. roboj - dresses
14. trotuaro - pavement

Vivo en la Pasinteco

Lea marŝis laŭ la pavimita strato, ŝiaj okuloj esplorantaj la malnovajn butikojn kun iliaj palaj ŝildoj. Ĉio aspektis malsama, tamen iel konata, kiel scenoj el malnova filmo.

Scivolema, ŝi haltis ĉe gazetbudo, kie la ĵurnaloj estis ordigitaj en netaj vicoj. Ŝi elprenis kelkajn monerojn el sia poŝo kaj aĉetis ĵurnalon. La dato sur la fronto estis 1974. La koro de Lea eksaltis. Ĉio estis vera—ŝi vere estis en la pasinteco.

Ĉirkaŭ ŝi, homoj babilis kaj ridis, sed iliaj vortoj estis fremdaj al la oreloj de Lea. "Hallo," ŝi timide salutis preterpasantojn. Ili ridetis al ŝi, rapide parolante en la germana. Lea sciis nur kelkajn vortojn el siaj lernejaj lecionoj, kiel "Danke" por dankon kaj "Bitte" por bonvolu.

"Ein Kaffee, bitte," ŝi diris malrapide al viro ĉe malgranda kafejo, kiun ŝi trovis. Ŝi montris al seĝo, demandante ĉu ŝi povus sidiĝi. "Ja, natürlich," la viro respondis kun afabla kapjeso.

Lea sidiĝis kaj prenis momenton por simple rigardi kaj aŭskulti. La vivo en la pasinteco ŝajnis pli malrapida, pli senstreĉa. La muziko venanta de la radio en la kafejo estis plena de gitaroj kaj melodioj, kiujn ŝi neniam antaŭe aŭdis. La aero estis plenigita per la riĉa aromo de kafo kaj la subtila odoro de cigareda fumo.

Ekstere de la fenestro, infanoj ludis sur la trotuaro, iliaj ludiloj simplaj—neniu elektroniko, nur pilkoj, pupoj, kaj saltkordoj. Ili ridis laŭte, ĉasante unu la alian kun libereco, kiun Lea enviis.

Kiam ŝia kafo alvenis, ŝi ankaŭ mendis ion por manĝi. Estis deserto, kiun ŝi ne rekonis, sed ĝi havis dolĉan kaj bongustan guston, malsimila al io ajn, kion ŝi spertis hejme.

Lea rimarkis malnovan fotilon sur breto en la kafejo. "Ĉu mi povas?" ŝi demandis per gestoj, kaj la viro kapjesis. Ŝi prenis ĝin, rigardis tra la serĉilo kaj fotis bildojn de la strato, la homoj, la aŭtoj—ĉiujn detalojn de ĉi tiu momento en tempo.

Reveninte al sia tablo, ŝi elprenis malgrandan notlibron kaj plumon, kiujn ŝi ĉiam kunportis. Ŝi komencis skribi ĉion malsupren: ĉiujn siajn observojn kaj sentojn, la strangajn kaj mirindajn vidaĵojn kaj sonojn. Lea sciis, ke ĉi tiu estis unika aventuro, kaj ŝi volis memori ĉiun detalon de ĝi.

Kiam la ĉielo komencis mallumiĝi, ŝanĝiĝante al mola rozkoloro de vespero, Lea sentis miksaĵon de miro kaj hejmsopiro.

Sed la pasinteco ankoraŭ havis pli por montri al ŝi, kaj ŝi estis tie por malkovri ĝin. Kun sia fotilo kaj notlibro, ŝi estis preta kapti la rakontojn de 1974, tenante ilin proksime ĝis ŝi povus trovi sian vojon reen al sia propra tempo.

1. aero - air
2. babilis - chatted
3. fotilo - camera
4. fremdaj - foreign
5. gazetbudo - newsstand
6. hejmsopiro - homesickness
7. kaldronega - cobbled
8. kazejo - café
9. ludiloj - toys
10. mallumiĝi - darken
11. monerojn - coins
12. odoro - smell
13. pasto - pastry
14. plumo - pen
15. roskoloro - pink color

Malluma Momento

Lea sekvis la murmuron de la homamaso, iliaj vortoj pezaj kun miksaĵo de espero kaj malĝojo. Ŝi sentis sin altirata al la malbonfama Berlina Muro, la barilo kiu dividis mondojn, familiojn, vivojn.

Dum ŝi proksimiĝis, ŝi povis vidi la grafitiojn, aŭdacajn kaj buntajn, kiuj kriis por libereco sur la Okcidenta flanko de la muro. La vizaĝoj en la homamaso estis markitaj de sopiro dum ili rigardis trans al la alia flanko—tiel proksima, tamen neimagebble malproksima.

Subite, en la homamaso okazis moviĝo. La okuloj de Lea kaptis la malesperan kuradon de juna viro. Ŝi povis tuj diveni ke li estis el la Oriento, kuregante kun la pezo de sia mondo al la Okcidento.

Liaj okuloj estis larĝe malfermitaj, fiksitaj sur la muro, la simbolo de lia eskapo.

Li atingis la muron kaj komencis grimpi, sed la soldatoj estis pli rapidaj. Ili kriis ordonojn, sed la viro ne haltis. Li grimpis pli alten, strebante al la libereco kiu alvokis lin.

Tiam, laŭta pafo traboris la aeron, sono kiu persekutos Lean por ĉiam. La korpo de la juna viro konvulsiis kaj poste restis senmova. Li falis teren. Li estis morta.

La koro de Lea haltis. La fotilo glitis el ŝiaj manoj, frapante la trotuaron. Ŝi volis kuri al li, fari ion, ion ajn. Sed timo radikigis ŝin al la loko.

"Was machst du hier?" demandis soldato, lia voĉo malvarma dum li alproksimiĝis al ŝi. Liaj okuloj estis suspektemaj kiam li rigardis ŝiajn fremdajn vestojn kaj la faligitan fotilon.

La menso de Lea ekfunkciis rapide. Ŝi sciis, ke ŝi devas esti zorgema. Ŝi estis eksterulo ĉi tie, kaj ŝi ĵus atestis ion teruran.

"Ich... ich habe nur..." ŝi balbutis, provante trovi la vortojn. "Mi nur prenis fotojn."

Sed la vizaĝo de la soldato malmoliĝis. "Vi devas veni kun ni," li diris, kaj lia tono lasis neniun lokon por kontraŭargumento. La aventuro de Lea en la pasinteco prenis malluman turnon, kaj nun ŝi devis trovi manieron eliri el ĝi.

1. aero - air
2. aventuro - adventure
3. balbutis - stammered
4. fotilo - camera
5. grafitaĵo - graffiti
6. grimpis - climbed
7. homamaso - crowd
8. kuregante - running
9. malmoliĝis - hardened
10. murmurojn - murmurs
11. pasinteco - past

12. pezo - weight
13. soldato - soldier
14. spasmiĝis - jerked
15. trotuaro – pavement, sidewalk

Malliberulo de la Stasi

Lea sentis sian stomakon kunpremiĝi dum la soldatoj ĉirkaŭis ŝin, iliaj vizaĝoj severaj kaj nekompromisemaj. Ili bombardis ŝin per akraj demandoj, iliaj vortoj venis kiel rapida fajro, kiun ŝi apenaŭ povis kompreni.

"Mi nur vizitas," Lea provis klarigi, ŝia voĉo tremanta. "Mi ne estas de ĉi tie."

Sed ŝiaj anglaj vortoj estis kiel flustroj en ŝtormo. La soldatoj interŝanĝis suspektajn rigardojn kaj, sen diri pluajn vortojn, gvidis ŝin en aŭton. La interno de la veturilo estis same severa kaj senesprima kiel la vizaĝoj de ĝiaj okupantoj.

Ili veturis en silento tra la stratoj, dum la antaŭa vibranta urba vivo fariĝis malproksima nebulo malantaŭ la malvarmaj fenestroj de la aŭto. Ili alvenis al konstruaĵo tiel griza kiel la ĉielo supre, kun muroj, kiuj ŝajnis sorbi ĉiun lumon. Estis la prizono de la Stasi, loko de flustroj kaj ombroj.

En interne, la aero estis dika pro la odoro de timo. Ili kondukis ŝin laŭ koridoro, kie la eĥo de iliaj botoj estis kruda sonfono por ŝia propra rapide bateganta koro. Ili montris al ŝi ĉambron— malgrandan, senkompatan spacon kun nenio krom metala seĝo kaj tablo.

Viro eniris, liaj okuloj tiel malvarmaj kiel la ĉambro. Li prezentis sin per nomo, kiun ŝi ne sukcesis kapti, kaj komencis sian enketadon. Liaj demandoj estis kiel dardoj, ĉiu akra kaj enpenetra.

"De kie vi venas? Kial vi fotis? Por kiu vi laboras?" li postulis, sed lia vizaĝo montris, ke li ne atendis sinceran respondon.

La insisto de Lea, ke ŝi venas el la estonteco, nur elvokis maldikan, senhumuran rideton ĉe la viro. "Ĉu vi vere atendas ke mi kredu tiajn rakontojn?" li mokis.

Sen pliaj vortoj, li eliris, kaj la pordo fermiĝis kun sono de finfina fermo, kiu eĥis en ŝiaj ostoj. La ĉambro komencis ŝajni kvazaŭ ĝi malpliiĝus, kun la muroj premantaj kontraŭ ŝi. Ŝi envolvis siajn brakojn ĉirkaŭ si, provante trovi varmon, kiu ne estis tie.

Lea estis sola, vere sola, en tempo kaj loko, kiuj sentiĝis mejlojn for de ĉio, kion ŝi povus nomi hejmo.

1. aero - air
2. bombardis - bombarded
3. botoj - boots
4. ĉambro - room
5. eĥo - echo
6. envolvis - wrapped
7. internajxo - interior
8. koridoro - corridor
9. mokis - scoffed
10. nebulo - blur
11. nekompromisemaj - unyielding
12. odoro - scent
13. severo - severity
14. sternaj - stern
15. vibranta - vibrant

La Horloĝo Flustras

Lea sidis sur la malvarma planko, la silento de la ĉelo peze premante ŝian koron. Tiam ŝi memoris—la horloĝo! Ĝi ankoraŭ estis sekure en ŝia poŝo. Ŝiaj tremantaj manoj kaptis la nekutiman aparaton dum ŝi eltiris ĝin.

"Bonvolu, mi devas iri hejmen," ŝi flustris al la horloĝo, larmo rulante malsupren ŝian vangon. La horloĝo respondis, ĝia malforta brilo kiel malgranda lumturo de espero en la malhela ĉelo.

Subite, voĉo, milda kaj trankvila, plenigis la ĉambron. Ĝi ŝajnis veni de nenie kaj ĉie samtempe. "Estu forta, Lea," ĝi diris. "Helpo venos. Atendu nur iom pli longe."

Ŝi remetis la horloĝon en sian poŝon ĝuste kiam la peza pordo krakis malfermiĝante. Virino kun severa vizaĝo, moligita de bonkoraj okuloj, enpaŝis. Ŝi donis al Lea pecon da pano kaj tason da akvo. Lea kapjesis silentan dankon, ŝia gorĝo tro streĉa por vortoj.

Denove sola, Lea malrapide maĉis la panon, ĉiu mordeto estis peno. Ŝia menso kuradis. Ŝi devis reveni al sia propra tempo, sed kiel? La horloĝo estis la ŝlosilo, sed ŝi ne sciis kiel uzi ĝin.

La nokto falis, kaj la mallumo de la ĉelo envolvis ŝin kiel vualo. Firme tenante la horloĝon, ŝi fermis siajn okulojn kaj deziris reveni hejmen, al la varma lumo de sia ĉambro, al la sekureco de la konata. Kun la brilo de la horloĝo kontraŭ ŝia haŭto, ŝi klopodis resti fidoplena, esperante ke ŝi eskapos el ĉi tiu malvarma, senkompata loko en tempo.

1. brilo - glow
2. ĉambro - room
3. ĉelo - cell
4. envolvis - wrapped
5. espero - hope
6. flustras - whispers
7. gorĝo - throat
8. kapjesis - nodded
9. kruda - harsh
10. kuradis - raced
11. malforta - faint
12. mallumo - darkness
13. malvarma - cold
14. pano - bread
15. vualo - shroud

La Eskap-Plano

Lea sidis en la mallumo, la tiktakado de la horloĝo plenigante la silentajn interspacojn inter ŝiaj pensoj. Ŝi studis la strangajn simbolojn gravuritajn sur ĝia surfaco, ilia signifo nedifinebla sed ilia celo klara. Estis tempo agi.

Ŝi aŭdis la malproksiman klakadon de botoj—la ŝanĝo de la gardistoj estis ŝia signo. Preninte profundan spiron, ŝi premis unu el la enigmaj simboloj, sentante la mekanismon de la horloĝo ekfunkcii.

La konata sento de vertiĝo ekkaptis ŝin, dum la grizaj muroj de la ĉelo komencis malklariĝi en vorticon de koloroj. Ekstere, la voĉoj de la gardistoj leviĝis en alarma kriego, iliaj paŝoj tondris al ŝi.

Sed tempo jam rekonfiguriĝis ĉirkaŭ Lea. La gardistoj enŝtormis, iliaj esprimoj tordiĝante en ŝoko dum la horloĝo eksplodis en radianta lumo, envolvante Lean en sia brila eskapo.

Kaj tiam, same subite, la ĉambro, la gardistoj, la malvarma aero de la prizono—ĉio malaperis, lasante Lean denove faligi tra la spiralo de tempo.

1. aero - air
2. alarmaĵo - alarm
3. botoj - boots
4. ĉambro - room
5. ĉelo - cell
6. ekkaptis - took hold
7. enigmaj - enigmatic
8. envolvante - enveloping
9. esprimoj - expressions
10. gardistoj - guards
11. klakadon - clattering
12. malklara - vague, unclear
13. mallumo - darkness
14. mekanismo - mechanism
15. nebulecigante - blurring

Hejme Sekure

La okuloj de Lea malfermiĝis al la sekureco de la subtegmento. Polveraj eroj dancis en la lumradioj, kiuj trapenetris la mallumon. La horloĝo, iam pulsanta per antikva povo, nun kuŝis senmova kaj ŝajne ordinara sur ŝia pojno. Ŝi eligis longan spiron, ŝia rideto estis privata festo de reveno.

Zorge, ŝi demetis la horloĝon kaj metis ĝin en malgrandan, skulptitan skatolon, kies surfaco estis gravurita per kompleksaj desegnoj, farante ĝin la perfekta ripozejo por tia enigma artifakto. Dum ŝi fermis la kovrilon, la mallaŭta murmuro de la voĉoj de ŝia familio leviĝis de malsupre, kvazaŭ sirena kanto de normaleco alvokante ŝin.

Dum la vespermanĝo, ŝi sidis silente, ŝia forko nur movetis la manĝaĵon sur ŝia telero, dum ŝi luktis kun la deziro dividi sian rakonton. Sed la historio de ŝiaj tempovojaĝaj eskapadoj estis tro fantastika, tro nekredebla por esti rakontita en la kutima ritmo de la familio.

La vespero malheliĝis, kaj Lea trovis sin sola kun la nokto, penseme rigardante eksteren tra la fenestro de sia dormoĉambro. La mondo ekstere restis netuŝita de la ĥaoso de ŝia vojaĝo, la samaj steloj briletis kvazaŭ flustrante, "Ni scias vian sekreton."

La horloĝo, ŝia silenta konfidanto, enhavis la potencialon por pli da aventuroj, pli da sekretoj por malkovri. Tamen, kiam ŝi eniĝis en la familiaran molecon de sia lito, ŝi permesis al la brakoj de sia kutima vivo firme ĉirkaŭpreni ŝin, komfortige en sia antaŭvidebleco. Ie profunde ene, la fajrero de aventuro ankoraŭ brilis, varma kaj alloga, preta denove ekbruli kiam la tempo estos ĝusta. Por nun, ŝi estis kontenta, ŝia koro plenigita de dankemo kaj antaŭĝojo por la ordinaraj kaj eksterordinaraj tagoj venontaj.

1. antikva - ancient
2. artifaĵo - artifact
3. batalis - wrestled

4. brako - embrace
5. dankemo - gratitude
6. dancis - danced
7. ekbruli - ignite
8. enigma - enigmatic
9. eroj - motes
10. festado - celebration
11. flustras - whisper
12. koro - heart
13. murmuro - murmur
14. polveraj - dusty
15. rideto - smile

La Fantasta Gramofono

La Mistera Malkovro de Ĉarlo

Iam, en malgranda domo kun ruĝa pordo, loĝis juna viro nomata Ĉarlo. Ĉarlo havis grandajn okulvitrojn kaj amikan rideton. Li amis ĉion malnovan kaj plenan je rakontoj. Lia plej ŝatata afero dum pluva tago estis grimpi al la subtegmento de sia avino kaj serĉi trezorojn.

Unu tagon, dum la pluvo tamburis sur la tegmento, Ĉarlo trovis ion vere specialan. Ĝi estis granda, malnova gramofono kun giganta korno simila al trumpeto kaj tenilo flanke. Ĝi estis kovrita de polvo kaj kaŝita sub kelkaj malnovaj libroj kaj skatoloj.

"Vau!" diris Ĉarlo dum li zorge forviŝis la polvon per mola tuko. La gramofono havis lignan bazon, kaj la korno brilis el latuno. Por Ĉarlo, tio estis kvazaŭ trovi oron.

Kun la gramofono, estis malnova disko. Ĝi havis etikedon, kiu diris "Swingin' Times". La vortoj estis skribitaj en elegantaj literoj, kaj tio igis Ĉarlon pensi pri dancistoj kaj muziko el malproksima tempo.

Ĉarlo zorgeme purigis la gramofonon. Li poluris la lignon ĝis ĝi brilis kiel nova kaj purigis la kornon ĝis ĝi briletis. Li volis aŭdi kiel sonis "Swingin' Times".

Zorge, li metis la diskon sur la gramofonon. Li prenis la tenilon kaj streĉis ĝin, donante kelkajn bonajn turnojn ĝis li sentis ke ĝi estis preta. Tiam, li zorge metis la pinglon sur la diskon kaj atendis ke la muziko komencu.

Kiam la disko komencis ludi, okazis la plej mirinda afero. La ĉambro pleniĝis per mola, varma lumo, kiu ŝajnis danci kun la muziko. La lumo estis ora kaj brila, kaj ĝi igis la malgrandan subtegmenton sentiĝi kiel loko el sonĝo.

Ĉarlo sentis la plankon sub siaj piedoj komenci tremeti iomete. Estis kvazaŭ la muziko estis tiel reala ke ĝi movis la tutan mondon.

Li rigardis ĉirkaŭe kun miro dum la ĉambro ŝajnis turniĝi. La lumo fariĝis eĉ pli brila, kaj la muziko plenigis liajn orelojn, pli laŭta kaj pli bela ol iu ajn muziko, kiun li iam ajn aŭdis.

Kaj tiam, subite, ĉio ŝanĝiĝis. La turniĝo fariĝis pli rapida, kaj la lumo tiom brila ke Ĉarlo devis fermi siajn okulojn.

Kiam li malfermis ilin denove, li ne plu estis en la subtegmento de sia avino. Li staris ie tute alia. Ie nova kaj ekscita.

La koro de Ĉarlo batis rapide. "Kie mi estas?" li flustris al si mem. Li estis preta por malkovri.

1. brila - bright
2. buklaj - curly
3. etikedo - label
4. latuno - brass
5. lumo - light
6. malgranda - small
7. pluva - rainy
8. pinglo - needle
9. pinglo - needle
10. tegmentoĉambro - attic
11. tremeti - to tremble
12. trovi - to find
13. turniĝi - to spin
14. vundo - to wind up
15. orinigi - to ignite

Svinga Londono

Ĉarleso staris senmove dum momento, sorbante la vidaĵojn kaj sonojn de la okupata strato. Li palpebrumis pro malkredemo. La aŭtoj rulantaj preter estis kiel tiuj, kiujn li nur vidis en malnovaj filmoj aŭ muzeoj. Ili klaksonis kaj ruliĝis laŭ la pavimitaj vojoj, iliaj koloroj faditaj sed elegantaj.

Rigardante ĉirkaŭe, li vidis afiŝojn, kiuj fiere anoncis "Swinging London." La vortoj estis skribitaj en helaj, aŭdacaj literoj, kiuj ŝajnis kapti la spiriton de la loko. La aero zumis de energio, kiun Ĉarleso neniam antaŭe sentis.

Homoj preterpasis lin, babilante kaj ridante, ŝajne plenaj de ĝojo. Virinoj glitis preter en belegaj longaj roboj, iliaj jupoj svingiĝantaj gracie. Ili portis ĉapetojn ornamitajn per plumoj, kiuj balanciĝis ĉe ĉiu paŝo, kiun ili faris. La viroj estis same elegantaj, portante akrajn kostumojn kaj ĉapelojn, kiujn ili klinis al la sinjorinoj dum ili preterpasis.

En la distanco, Ĉarleso povis aŭdi la viglan sonon de muziko. Ĝi estis ĝoja kaj optimisma, altirante lin. Li sekvis la melodion, logita de la promeso de amuzo kaj rido.

La muziko gvidis lin al granda festo en halo kun brilaj lumoj kaj dancoplanko. La halo estis plena de homoj svingiĝantaj al la ritmo, farante dancojn plenajn de piedbatoj kaj tordoj. Ĝi estis la Ĉarlestono, danco, kiun Ĉarleso nur vidis en malnovaj filmoj.

Orkestro regis la scenejon, la trumpetoj brile sub la lumoj, la fingroj de la pianisto dancantaj trans la klavaro. La ritma tamburado estis infekta, kaj Ĉarleso sentis siajn piedfingrojn tapeti kaj sian korpon svingiĝi laŭ la ritmo.

Sen eĉ pripensi, Ĉarleso trovis sin meze de la dancantoj. Li kopiis iliajn movojn, komence sentante sin iom mallerta. Sed baldaŭ, li ridis kaj svingiĝis, lia koro malpeza pro la ekscito de la danco.

Por la unua fojo post longa tempo, Ĉarleso sentis sin tute kaj absolute viva. La zorgoj de lia tempo, la premoj kaj la rutinoj, ĉiuj fandiĝis dum li dancis en Svinga Londono, perdita en la magio de la muziko kaj la momento.

1. audaca - daring
2. babilante - chatting
3. ĉapeto - headband
4. ensorbiĝante - absorbing
5. fadita - faded
6. ĝoja - joyful

7. klaksonis - honked
8. mallerta - clumsy
9. malkredemo - disbelief
10. ornamitaj - adorned
11. palpebrumis - blinked
12. piedbatoj - kicks
13. putris - puttered
14. svingiĝantaj - swinging
15. tamburfrapado - drumbeat

La Festo de la Pasinteco

Kiam Ĉarleso paŝis en la grandan salonon, liaj okuloj vojaĝis supren. La plafonoj estis tiel altaj, ke ŝajnis kvazaŭ ili tuŝas la ĉielon. Brilantaj lustroj pendis kiel steloj, iliaj kristaloj briletis kaj ĵetis varman, allogan lumon super la festantoj sube.

Meze de la danca amaso, sinjorino kun brilantaj okuloj alproksimiĝis al Ĉarleso. Ŝi proponis sian manon kun hela rideto, kiu lumigis ŝian vizaĝon. "Ĉu vi deziras danci?" ŝi demandis, ŝia voĉo tiel melodieca kiel la muziko pleniganta la ĉambron.

Ŝia nomo estis Elsie, kaj ŝia bonkoreco tuj elstaris. Per milda gvidado, ŝi prenis la iniciaton, montrante al Ĉarleso la paŝojn. "Unu-du-tri, unu-du-tri," ŝi murmuris mallaŭte, helpante lin trovi la ritmon.

Baldaŭ ili ambaŭ svingiĝis ĉirkaŭ la planko, ridado elverŝiĝante de ambaŭ. Ĉarleso rimarkis, ke kun ĉiu paŝo kaj turniĝo, li fariĝis pli memfida. La muziko ŝajnis porti ilin, kaj tempo glitis for dum ili dancis inter fremduloj, kiuj sentiĝis kiel amikoj.

Kiam la muziko malrapidiĝis, Elsie gvidis Ĉarleson al tablo plenigita per manĝaĵoj. Li gustumis etajn sandviĉojn kun plenigaĵoj, kiujn li ne povis nomi, kaj desertojn, kiuj fandiĝis en lia buŝo—ĉiu mordo estis eksplodo de gustoj, kiujn li neniam sciis ekzisti.

"Mi neniam havis tiel mirindan tempon," Ĉarleso konfesis, lia koro malpeza pro ĝojo. Li sentis sin libera kaj senzorga, kaptita en la ĝojiga spirito de la pasinteco.

Dum ili ripozis post la danco, Elsie rakontis pri la 1920-aj jaroj. Ŝi parolis pri la ĵaza epoko, la modo, kaj la novaj liberecoj, kiuj havis ĉiun kapturnigita pro ekscito. Ŝiaj okuloj brilis per la pasio de iu, kiu amas sian epokon, kaj Ĉarleso estis ensorĉita de ĉiu vorto.

Dum la vespero progresis, sopira sento nestiĝis en la brusto de Ĉarleso. Tiu ĉi nokto, tiu ĉi enrigardo en la pasintecon, estis io, kion li sciis, ke li ĉiam ŝatos. Li deziris, ke ĝi daŭru, ke la horloĝo haltu kaj permesu al li resti en tiu momento de pura feliĉo kaj malkovro.

Tamen, eĉ dum li deziris tion, li sciis, ke tempo atendas neniun. Kaj do, li dancis kun Elsie, ĝuante ĉiun paŝon kaj ĉiun noton, gravurante en sia memoro la feston de la pasinteco, kiu bonvenigis lin per malfermaj brakoj.

1. alloganta - inviting
2. ambaŭ - both
3. briletis - twinkled
4. dancanta - dancing
5. elstaris - stood out
6. elverŝiĝante - spilling
7. fandiĝis - melted
8. festantojn - revellers
9. kapturnigita - dizzy
10. klarigis - clarified
11. melodioza - melodic
12. milda - gentle
13. plenigoj - fillings
14. sopira - wistful
15. turbeto - swirl

Noktomezaj Surprizoj

La festo estis en plena vigleco kiam la granda horloĝo sonigis la alvenon de noktomezo. La muziko subite haltis, kaj la dancistoj paŭzis. Karlo sentis piketon en sia poŝo kaj rememoris la etan gramofonon, kiun li kunportis.

Scivolema, li enmetis la manon en sian poŝon kaj eltiris la miniaturan gramofonon, nun ne pli grandan ol alumetkesto. Ĝiaj kompleksaj detaloj estis perfekte formitaj, kaj ĝi ŝajnis preskaŭ magia pro sia malgranda grandeco.

Elsie malfermis siajn okulojn larĝe pro miro vidante la etan aparaton. "Kie vi akiris tian kuriozan juvelaĵon?" ŝi demandis, ŝia voĉo plena de miro.

Karlo hezitis, ne certa kiel klarigi la nekredeblan veron. Li estis malproksime de sia propra tempo, kaj la gramofono estis la ŝlosilo al lia tempa vojaĝo. Sed kiel li povus diri tian aferon sen ŝajni freneza?

Li ridetis, iom nervoze, kaj reenmetis la gramofonon en sian poŝon. "Ĝi estas nur etaĵo, kiun mi ĉiam havis," li diris, decidante ke iuj sekretoj plej bone restu proksime al la koro.

La bando, prenante sian signalon de la malaperanta eĥo de la sonoriloj, ekis viglan melodion denove, kaj la ĉambro ree eksplodis en movadon. Dum la muziko ĉirkaŭis ilin, Karlo lasis la magion de la vespero forporti lin denove, kaj dum mallonga tempo, li forgesis ĉion pri la eta gramofono kaj ĝia lumo.

Dum li dancis kun Elsie, perdita en la paŝoj kaj sonoj, la eta gramofono en lia poŝo komencis eligi molan, ĉarman lumon. Ĝi estis silenta lumfonto inter la festado, memorigo ke ĉi tiu momento estis nur punkto en tempo, kaj baldaŭ li devos reveni al kie li vere apartenas. Sed por nun, la festo daŭris, kaj Karlo kun ĝi, ĉiu bato de la muziko amata noto en la kanto de la pasinteco.

1. aparteni - to belong
2. bando - band
3. ĉambro - room
4. ĉirkaŭi - to surround
5. eĥo - echo
6. festado - celebration, revelry
7. forporti - to carry away
8. heziti - to hesitate
9. horloĝo - clock

10. juvelaĵo - jewel, trinket
11. magio - magic
12. memorigilo - reminder
13. miro - wonder, amazement
14. nekredebla - unbelievable
15. sonorilo - chime, bell

Tago en la 1920-aj Jaroj

Post la ekscito de la festo, Karlo trovis sin marŝanta laŭ la pavimitaj stratoj de Londono kun Elsie. La urbo vekiĝis kun la zumado de la frua mateno, komercistoj malfermis siajn butikojn, kaj la odoro de freŝa pano flugis tra la aero.

Li estis mirigita de la movado kaj bruo de la urbo, tiel simila sed tamen tiel malsama al sia propra tempo. Ili haltigis nigran taksion, ĝia farbo brilis sub la leviĝanta suno, kaj Karlo admiris la elegantecon de la malnova veturilo.

Elsie, kun brila rideto, gvidis lin en rondvojaĝo de sia mondo. Ŝi montris al li sian ŝatatan librovendejon, kun ĝia fenestro plena de allogaj titoloj, kaj ili haltis por rigardi grupon da infanoj ludantaj rulkriketon sur la trotuaro.

La kinejo estis grandioza konstruaĵo kun luksaj ruĝaj seĝoj kaj pezaj veluraj kurtenoj. Ili spektis mutan filmon, la esprimoj kaj korpmovoj de la aktoroj rakontis historiojn sen vortoj. Karlo estis kaptita de la simpleco kaj beleco de ĉi tiu formo de rakontado.

Dum la tuta tago, Elsie dividis rakontojn pri sia vivo, la urbo, kaj la vigleco de la 1920-aj jaroj. Karlo aŭskultis atente, notante kaj skizante en malgranda notlibro, kiun li aĉetis, fervora kapti ĉiun detalon de ĉi tiu eksterordinara tago.

La homoj, kiujn ili renkontis sur la stratoj, bonvenigis Karlon per varmaj ridetoj kaj manpremoj. Li sentis sin bonvena en ĉi tiu pasinta epoko, sento de komunumo, kiu kelkfoje perdiĝis en la okupata vivo de sia propra tempo.

Sed kiam la suno komencis malleviĝi en la ĉielo, hejmsopiro tiris ĉe la koro de Karlo. Li ĝuis la ĉarmon de la 1920-aj jaroj, tamen li sopiris la konatecon de sia hejmo, la amikojn kaj familion, kiuj estus zorgantaj pri li.

La demando pri reveno pendis en lia menso. Kiel li trovos sian vojon reen? La eta gramofono estis la ŝlosilo, sed kiel ĝi funkcias? Ĉu li povas regi ĝin, aŭ ĉu li estas sub la kaprico de ĝiaj misteroj?

Dum ili reen marŝis al la koro de la urbo, Elsie, sentante lian kvietan humoron, invitis lin al alia festo. "Venu," ŝi diris, "ni dancu for viajn zorgojn."

Karlo sukcesis rideti kaj akceptis ŝian inviton, esperante ke la respondo al lia dilemo iel malkovriĝos inter la paŝoj de la Ĉarlestono kaj la ĝojaj ritmoj de la ĵazbando. Por nun, li estis ĉi tie, en pasinteco kiu estis tiel bela kiel ĝi estis efemera, kaj li decidis ĝui ĝin dum ĝi daŭras.

1. bruego - bustle
2. ĉarmono - charm
3. dilemo - dilemma
4. efemera - temporary
5. ekscito - excitement
6. esprimo - expression
7. festo - party
8. hejmsoifo - homesickness
9. kinejo - cinema
10. konateco - familiarity
11. kvieto - quietness
12. movado - movement
13. pavimita - cobbled
14. rulkrikludo - hopscotch
15. zumado - buzzing

Ĉu Tempo Foriri?

Dum la muziko ludis kaj ili dancis ĉirkaŭ la dancoplanko, Karlo sentis la etan gramofonon en sia poŝo varmiĝi kontraŭ sia flanko. Ĉiu paŝo, kiun ili faris, ĉiu rido, kiun ili dividis, alproksimigis lin al la momento, kiun li timis – la momento, kiam li devos lasi ĉi tiun ĉarman tempon malantaŭ si.

Dum lia korpo moviĝis laŭ la ritmo de la muziko, lia koro sentiĝis peza. La ĝojo de la nokto estis ombrita de la malĝojo de baldaŭa adiaŭo. Li fariĝis tre ŝatanta de la 1920-aj jaroj, de Elsie, kaj de la viveco de la vivo en ĉi tiu epoko.

La okuloj de Elsie renkontis la liajn, kaj ŝia rideto iom falis, kiam ŝi rimarkis la ŝanĝon en lia esprimo. "Kial vi estas tiel malĝoja, Karlo?" ŝi demandis, ŝia voĉo apenaŭ aŭdebla super la sono de la ĵazbando.

Karlo elspiris, sciante ke li ne plu povas kaŝi sian sekreton. "Elsie, mi devas iri hejmen," li konfesis, la vortoj pli malfacilaj por diri ol li imagis.

Ŝia frunto sulkiĝis pro konfuzo, kaj milde, Karlo eltiris la gramofonon el sia poŝo, la lumo de la aparato verŝante mildan lumon inter ili. "Ĉi tio alportis min ĉi tien, al vi kaj ĉi tiu mirinda tempo. Sed ĝi ankaŭ estas mia vojo reen al kie mi apartenas."

La okuloj de Elsie larĝiĝis kiam ŝi vidis la lumon de la gramofono, miksaĵo de miro kaj malĝojo transiris ŝian vizaĝon. "Mi neniam kredis, ke tempovojaĝo povus esti reala... sed kun vi, ĉio ŝajnis ebla," ŝi flustris.

Per forta ĉirkaŭbrakado, Elsie dankis lin. "Dankon, Karlo, pro la dancoj, pro la ridoj, pro montri al mi ke magio estas reala," ŝi diris, ŝia voĉo plena de emocio.

Karlo tenis ŝin proksime, sentante la varmecon de ŝia brakumo kaj la dolĉamaran realigon, ke li faris veran amikon en tempo, kiu ne estis lia. "Mi neniam forgesos vin, Elsie," li promesis.

Malrapide, li streĉis la gramofonon, la konata mekaniko sentiĝis dolĉamara en liaj fingroj. La ĉambro komencis turniĝi, la lumoj fariĝis strioj de koloro ĉirkaŭ li. Li fiksis sian rigardon sur Elsie unu lastan fojon. "Adiaŭ, Elsie," li diris, dum la mondo de la 1920-aj jaroj malaperis.

1. adiaŭo - goodbye
2. bloki - to lock
3. brakumo - hug
4. ĉirkaŭdanci - to swirl around
5. danctabulo - dance floor
6. elspiri - to sigh
7. esprimo - expression
8. ĝojo - joy
9. konfuzo - confusion
10. kunombri - to tinge, to accompany
11. malĝojo - sadness
12. malseka - soft
13. momenton - moment
14. ritmo - rhythm
15. varmiĝi - to become warm

Reen al la Estonteco

Karlo malfermis siajn okulojn dum la vertiga sento de turniĝado ĉesis. Li rigardis ĉirkaŭen kaj vidis la konatajn murojn de la subtegmento de sia avino, la skatolojn plenajn de memoroj, kaj la malgrandan fenestron, kiu enlasis la posttagmezan lumon. La gramofono staris majeste sur la tablo, granda kaj silenta, la disko ankoraŭ sur sia telero, sed ne plu ludante sian ĉarman melodion.

Sur lia vizaĝo estis rideto, sento de ĝojo pro la nekredebla aventuro, kiun li ĵus spertis. Sed en lia koro estis malgranda tiro de malĝojo, flustro de sopiro al la dancoplanko de la pasinteco kaj al Elsie, la amiko, kiun li devis lasi malantaŭe.

Karlo prenis la fotojn, kiujn li faris en la 1920-aj jaroj, la bildoj kaptis la ridon, la dancojn, kaj la brilon en la okuloj de Elsie. Li pasigis siajn fingrojn super la bildoj, ĉiu unu pordo al memoro, al momento en tempo, kiu nun fariĝis parto de li.

Kun esperplena elspiro, li remetis la diskon sur la gramofonon kaj streĉis ĝin, esperante, eble, ke la magio funkcius denove. Sed la muziko, kiu plenigis la ĉambron, estis nur muziko, bela sed ne plu ponto al alia tempo.

Karlo tiam komprenis, ke li havis ion vere unikan – memoron, sperton, kiu estis nur lia, io tiel fantastika, ke neniu alia eble kredus ĝin. Ĉi tiu penso envolvis lin kiel varma kovrilo, komforta kaj eksterordinara.

Li traktis la gramofonon kun nova respekto, dum li metis ĝin for, komprenante nun, ke ĝi ne estis nur objekto, sed gardanto de sekretoj, ujo de sonĝoj, kaj tempomaŝino, kiu funkciis sian magion unufoje por li.

Marŝante malsupren al kie lia familio kolektiĝis, li sentis la pezon de la sekreto, kiun li nun tenis. Sed ĝi estis bona pezo, solida sento, kiu konektis lin al la pasinteco en maniero, kiun li neniam povus imagi.

Karlo ridetis al si mem, kiam li aliĝis al sia familio, la rideto de iu, kiu dancis tra tempo kaj revenis por rakonti la rakonton. Sed nun, la rakonto de lia tempovojaĝa aventuro restos nur lia.

1. aventuro - adventure
2. ĉarman - charming
3. dancplanko - dance floor
4. ĝojo - joy
5. ĵus - just recently
6. magio - magic
7. malĝojo - sadness
8. memoro - memory
9. pasinteco - past
10. penso - thought
11. rideto - smile
12. sopiro - longing
13. sperto - experience
14. tempomaŝino - time machine
15. turniĝado - spinning

Terura Estonteco

La Akcidenta Vojaĝo de Anthea

En komforta domo en dormema urbo, Anthea esploris la subtegmenton. Ĝi estis loko plena de malnovaj aĵoj kaj memoroj. Ŝi ŝatis la polvan odoron kaj la malnovajn skatolojn. Hodiaŭ, ŝi trovis horloĝon. Ĝi estis stranga, kun butonoj kaj nekutimaj simboloj. Anthea neniam vidis ion similan.

"Ho ve, kio estas ĉi tio?" ŝi flustris al si mem. La horloĝo estis arĝenta kaj brilanta. Ĝi aspektis tre malnova, sed ĝi estis bela.

Ŝi tuŝis la butonojn. Ili estis glataj kaj malvarmaj. La simboloj similis al steloj kaj lunoj. Ŝi sentis scivolemon. Do, ŝi premis unu butonon. Subite, la ĉambro komencis turniĝi. Libroj, skatoloj, kaj malnovaj lampoj ĉiuj dancis ĉirkaŭ ŝi. Anthea sentis kapturnon. Ŝi firme fermis siajn okulojn.

Kiam ŝi malfermis ilin, ĉio estis malsama. Ŝi ankoraŭ estis en Londono, sed ĝi ne estis ŝia Londono. La konstruaĵoj estis altaj kaj faritaj el metalo kaj vitro. Ili atingis ĝis la ĉielo. La ĉielo estis griza, kaj ĉie estis grandaj ekranoj. La ekranoj brilis kaj donis ordonojn, kiel "Pregu nun" kaj "Laboru diligente".

La homoj ĉiuj aspektis samaj. Ili portis grizajn vestojn, sen koloroj, sen diversaj stiloj. Nur la samaj grizaj kostumoj kaj roboj. Anthea rigardis sian propran buntan ĵerzon kaj sentis sin stranga. Ŝi elstaris kiel brila floro en kampo de grizo.

Ŝi vidis ekranon, kiu montris la tekston "La jaro estas 2084". Anthea ekkriis. La estonteco! Ŝi estis en la estonteco! Sed ĉi tiu estonteco estis timiga. Ĝi ne estis amuza aŭ ekscita. Ĝi estis trankvila, kaj ĉiuj faris la samajn aferojn.

Anthea sentis timon. Ŝia koro batis rapide. Ŝi devis kaŝi sin. Ŝi vidis malgrandan strateton kaj kuris en ĝin. Ŝi sidiĝis kaj apogis sin al la muro. Ŝi povis aŭdi sian propran spiradon—laŭtan kaj rapidan.

"Kio estas ĉi tiu loko?" ŝi demandis al si mem. Ŝi forte tenis la horloĝon. La horloĝo alkondukis ŝin ĉi tien. Sed kiel? Kaj kial? La kapo de Anthea estis plena de demandoj. Ŝi sentis sin sola kaj volis reveni hejmen.

En la strateto, ŝi povis vidi la grandajn ekranojn. Ili estis kiel okuloj, observantaj ĉiujn. Anthea ne ŝatis ilin. Ŝi sopiris sian propran Londonon. Ŝia Londono havis kolorojn kaj bruojn. Ĝi havis diversajn homojn kaj amuzon. Ĉi tiu Londono ne estis tia.

La aventuro de Anthea ĵus komenciĝis. Ŝi ankoraŭ ne sciis tion, sed ĉi tiu stranga horloĝo ŝanĝos ĉion. Por nun, ŝi nur sentis sin malgranda kaj perdita en granda, griza urbo. Ŝi devis esti kuraĝa. Ŝi devis eltrovi kial ŝi estis ĉi tie kaj kiel reveni hejmen.

Anthea prenis profundan spiron. Ŝi povis fari ĉi tion. Ŝi malkovros la sekretojn de ĉi tiu Londono kaj la horloĝo. Sed unue, ŝi devis esti singarda. Ŝi devis resti kaŝita. La aventuro ĵus komenciĝis.

1. akcidenta - accidental
2. aventuro - adventure
3. brilanta - shiny, bright
4. dormema - sleepy
5. ekkrii - to exclaim, gasp
6. ekrano - screen
7. estonteco - future
8. ĵerzo - jumper, sweater
9. kampo - field
10. kaŝi - to hide
11. kolora - colorful
12. konstruaĵo - building
13. laboru - work (imperative)
14. pregu - pray (imperative)
15. strateto - alley, small street

Nova Mondo

Anthea paŝis el la strateto en la bruajn stratojn de la nova Londono. La konstruaĵoj ĉirkaŭ ŝi estis altaj gigantoj kun ŝtalaj haŭtoj, sen fenestroj por vidi tra ili, sen okuloj al la mondo interne. La ĉielo supre estis peza kovrilo de nuboj, promesanta venontan pluvon.

Ŝi marŝis, ŝiaj piedoj gvidis ŝin tra la strangaj stratoj. Homoj rigardis ŝin, iliaj okuloj rondaj pro surprizo. Anthea estis kolora ŝpruco en maro de grizo. Ŝia hela ĵerzo kaj bluaj ĝinzoj estis kiel krio en biblioteko.

Sur muro estis granda, diklitera signo. "2084", ĝi diris. Anthea tuŝis la signon. Ĝi estis reala. Ĉi tio vere estis la estonteco. Ŝi sentis miksaĵon de miro kaj zorgo en sia brusto.

La stratoj havis soldatojn. Ili estis altaj kaj seriozaj kun grandaj, nigraj pafiloj, kiuj aspektis timige. Anthea sentis malvarmon kiam ŝi rigardis ilin. La soldatoj parolis per laŭtaj voĉoj. "Tempo por preĝi," ili diris. "Haltu kaj preĝu."

La homoj haltis kaj preĝis. Anthea rigardis. Ĉi tiu estis religia loko, loko kie vi devis fari tion, kion oni diris al vi. Ŝi sentis frunton sur sia vizaĝo. Ĉi tio ne estis la estonteco, pri kiu ŝi legis en libroj.

Dum ŝi moviĝis tra la homamaso, Anthea aŭdis flustradojn. "La rezistado," iuj diris. "Ili volas ŝanĝi aferojn," diris aliaj. La koro de Anthea batis pli rapide. La rezistado. Ili ne ŝatis ĉi tiun grizan mondon pli ol ŝi.

Ŝi volis trovi ĉi tiujn homojn. La rezistado povus helpi ŝin kompreni. Ili povus diri al ŝi, kial la mondo estis tia. Kaj eble, nur eble, ili povus helpi ŝin reveni hejmen.

Anthea demandis bonaspektan maljunulon, "Bonvolu, kie mi povas trovi la rezistadon?" ŝi diris, sia voĉo mola. La viro rigardis ŝin per timigitaj okuloj. "Ŝŝ," li diris. "Ne ĉi tie. Ili observas nin."

Anthea kapjesis. Ŝi komprenis. Ĉi tio estis danĝera demando. Sed ŝi devis scii. Ŝi marŝis for, siaj okuloj malfermitaj por trovi ian signon, ian indikon, kiu povus gvidi ŝin al ĉi tiuj kuraĝaj homoj.

Dum la tago fariĝis vespero, la stratoj komencis malpleniĝi. Anthea sentis solecon en la kvieto. Ŝi sopiris la sonojn de aŭtoj kaj homoj parolantaj en sia propra tempo. Ĉi tie, eĉ la vespero estis silenta, kvazaŭ la mondo tenis sian spiron.

Sed Anthea ne haltis. Ŝi devis daŭre serĉi. Ŝi devis trovi la rezistadon. Ŝiaj piedoj estis laciĝintaj, sed ŝia koro estis forta. Ŝi trovos ilin. Ŝi trovos sian vojon reen al sia propra tempo.

Sed por nun, ŝi marŝis. Ŝi marŝis tra nova mondo, mondo kiu atendis ŝanĝon. Kaj eble, nur eble, Anthea estis tiu, kiu povus helpi ŝanĝi ĝin.

1. bruaj - noisy, bustling
2. ĉielo - sky
3. diklitera - bold-lettered
4. estonta - future (adjective)
5. frunto - frown
6. ĝinzoj - jeans
7. haŭtoj - skins, surfaces
8. kolorŝpruco - splash of color
9. kovrilo - blanket, cover
10. laciĝintaj - tired, fatigued
11. malpleniĝi - to empty, to clear
12. miksaĵo - mixture
13. pafiloj - guns
14. rezistado - resistance
15. strateto - alley, small street

Renkontiĝo kun la Rezistado

La tago de Anthea fariĝis malluma. La stratoj flustris kun la sekretoj de la nokto. Tiam ŝi vidis ĝin: pordon, kaŝitan de ombroj. Ŝajnis kvazaŭ la pordo atendis ŝin. Anthea malfermis ĝin.

En interne, ĉio estis malsama. La ĉambro estis malgranda kaj plena de homoj. Ĉiuj turniĝis kaj rigardis Anthean. Ili estis la rezistado, grupo de kuraĝaj vizaĝoj kun okuloj plenaj de fajro. Sed ili ne ridetis.

"Kial vi estas ĉi tie?" ili demandis Anthean. Iliaj voĉoj estis plenaj de malfido. La koro de Anthea peziĝis. Ŝi devis igi ilin kompreni.

"Mi venis el la pasinteco," ŝi diris. Ŝia voĉo tremis kiel folio en la vento. "La horloĝo... Ĝi alportis min ĉi tien."

La rezistado rigardis ŝin per grandaj okuloj. Ili demandis multajn demandojn. Kiu ŝi estis? De kie ŝi venis? Kion ŝi volis? Anthea respondis ĉiujn. Ŝi rakontis al ili sian nomon, sian hejmon, sian akcidenton kun la horloĝo.

Ili parolis pri sia vivo. Granda viro kun bonkoraj okuloj parolis pri la diktatoreco, registaro sen humaneco, nur kun reguloj. "Ili diras al ni kion pensi, kion fari, kien iri," li diris. Lia voĉo estis malĝoja.

La virino apud li parolis pri ilia revo. "Ni volas liberigi Londonon denove," ŝi diris. Ŝia voĉo estis kanto de espero. Anthea sentis la kanton en sia koro. Ŝi volis kunkanti kun ili.

"Mi volas helpi vin," diris Anthea. Ŝia voĉo nun estis forta. Ŝi sciis, ke tio estis ĝusta.

La homoj en la ĉambro rigardis unu la alian. Ili kapjesis. Malrapide, ili komencis fidi Anthean. Ili dividis sian planon kun ŝi, planon plenan de danĝero sed ankaŭ plenan de espero.

Anthea aŭskultis. Ŝi lernis. Ŝi nun estis parto de la rezistado. Ili estis ŝiaj amikoj, ŝia nova familio. Kune, ili batalos. Kune, ili revenigos la koloron al la grizaj stratoj de Londono.

La akcidento de Anthea alkondukis ŝin al ĉi tiu loko, al ĉi tiu tempo. Eble tio ne estis akcidento post ĉio. Eble ĝi estis sorto. Anthea estis preta batali por la estonteco, eĉ se ĝi ne estis ŝia propra.

La nokto pliaĝiĝis, kaj la rezistado parolis. Ili parolis pri morgaŭ, pri libereco, pri espero. Anthea estis kun ili. La kaŝita ĉambro estis plena de flustroj, plena de revoj.

Ekstere, Londono dormis sub la viglaj okuloj de la diktatoreco. Sed ene de la kaŝita ĉambro, Anthea kaj la rezistado estis vekaj. Ili estis la korbato de urbo, kiu baldaŭ rememoros kiel batali, kiel ami, kiel esti libera.

Anthea rigardis ĉirkaŭ la ĉambron. Ĉi tiuj homoj, kun siaj fortaj koroj kaj kuraĝaj animoj, nun estis ŝiaj homoj. Ŝi ne plu estis sola. Ŝi ne plu estis nur knabino el la pasinteco.

Ŝi estis Anthea, la tempovojaĝanto, la amiko de la rezistado. Kaj ŝi estis preta ŝanĝi la mondon.

1. akcidento - accident
2. batali - to fight
3. diktatoreco - dictatorship
4. espero - hope
5. fajro - fire
6. flustro - whisper
7. korbato - heartbeat
8. kunkanti - to sing along
9. libera - free
10. malfido - distrust
11. malluma - dark
12. nokto - night
13. ombroj - shadows
14. pasinteco - past
15. rezistado - resistance

Danĝera Misio

La koro de Anthea batis kiel tamburo. La rezistado sidis ĉirkaŭ malnova ligna tablo, diskutante planojn kaj revojn. Anthea aŭskultis. La reguloj de la diktatoreco estis severaj kaj multnombraj: Ne parolu laŭte. Ne ridu sur stratoj. Ne estu malsama.

La rezistado havis grandan planon. Ili volis haltigi la grandajn ekranojn, kiuj diktis al homoj kion fari kaj pensi. "Se ni ŝanĝos kion la ekranoj diras, ni povas ŝanĝi ĉion," diris viro kun akra vizaĝo kaj okuloj brilantaj kiel steloj.

La stomako de Anthea estis plena de papilioj. Ŝi estis decidinta helpi ilin. Ili donis al ŝi malgrandan nigran skatolon. "Ĉi tio helpos nin komuniki kun la ekranoj," ili diris.

La nokto estis malluma, kaj la luno brilis kiel arĝenta monero en la ĉielo. Ili marŝis tra la stratoj kiel ombroj. Neniu sono krom la molaj paŝoj de iliaj ŝuoj. Anthea sentis ĉiun paŝon en siaj ostoj.

Ili atingis la lokon kun la grandaj ekranoj. Ĝi estis impona kaj malvarma, plena de mallumaj fenestroj. Soldatoj staris kiel statuoj kun grandaj pafiloj. La buŝo de Anthea estis seka. Ili devis esti tre, tre singardaj.

Ŝi rigardis siajn novajn amikojn. Iliaj vizaĝoj estis ombraj, sed iliaj okuloj ne montris timon. Anthea sentis ilian kuraĝon. Ĝi faris ŝin pli forta.

La rezistado moviĝis kiel katoj. Ili iris al la ekranoj. La manoj de Anthea tremis, sed ŝi faris kion ili instruis al ŝi. Ŝi metis la nigran skatolon apud la ekrano kaj premis butonon.

Lumo ekbriletis sur la skatolo. Ĝi funkciis. La ekrano ekflakis. Anthea retenis la spiron.

Unu post alia, la ekranoj ŝanĝiĝis. Vortoj de espero kaj libereco dancis trans ili. La koro de Anthea ankaŭ dancis.

Sed tiam krio. Soldato vidis ilin. La aero ŝvebis de danĝero. La koro de Anthea ĉesis danci. Ĝi kuregis rapide, kiel leporo en la nokto.

La rezistado kuregis. Anthea kuregis. La soldatoj kriegis kaj kuris post ili. La kruroj de Anthea doloris, sed ŝi ne haltis.

Ili sukcesis reveni al la kaŝita ĉambro. La koro de Anthea ankoraŭ kuregis. Sed ili sukcesis. Ili ŝanĝis la ekranojn. Ili donis al Londono novan revon.

Anthea sidis kun la rezistado, iliaj vizaĝoj malsekaj de ŝvito kaj ridetoj. Ili estis timintaj, sed ili estis fortaj. Kune.

La nokto ankoraŭ estis malluma. La soldatoj ankoraŭ estis ekstere. Sed interne, la rezistado estis plena de lumo. Ili komencis ion grandan. Anthea estis parto de ĝi. Ŝi estis parto de la batalo por morgaŭ.

Ŝi estis timinta, jes. Sed ŝi estis multe pli. Ŝi estis kuraĝa. Ŝi estis forta. Ŝi estis fajrero en la mallumo.

La rezistado nun estis ŝia familio. Ili faris ion bonan. Ion ĝustan. Kaj ĉi tio estis nur la komenco. La ekranoj estis nur la komenco.

Anthea rigardis la vizaĝojn ĉirkaŭ si. Ili estis laciĝintaj sed feliĉaj. Ili estis batalantoj. Ankaŭ ŝi estis batalanto.

Kune, ili ŝanĝos la mondon. Ĉi-vespere estis la unua paŝo. Morgaŭ? Kiu scias? Sed Anthea sciis unu aferon: ŝi ne estis sola. Kaj ŝi estis preta por ĉio, kio venos sekve.

1. aero - air
2. batalanto - fighter
3. diktatoreco - dictatorship
4. fajrero - spark
5. flakri - to flicker
6. korbato - beat (of a heart)
7. kuraĝo - courage
8. kuregi - to run fast
9. laciĝintaj - tired
10. libereco - freedom
11. lumo - light
12. malluma - dark
13. pafiloj - guns

14. revi - to dream
15. singardaj - careful

Kaptita Dum la Ago

La novaj amikoj de Anthea kuregis rapide, kiel vento en ŝtormo. Sed ŝiaj kruroj ne povis teni la saman rapidecon. Ŝi aŭdis la soldatajn botojn proksimiĝi, kaj ŝia koro batis laŭte en ŝiaj oreloj.

Bum! La pordo fermiĝis. Anthea turniĝis. Ŝi estis sola en la malvarma, malluma strato. Ŝiaj amikoj malaperis, kiel birdoj kiam venas vintro.

Tiam, fortaj manoj kaptis ŝin. Soldato kun vizaĝo kiel ŝtono kaptis ŝin. Liaj okuloj estis malmolaj, kaj lia voĉo estis kiel tondro. "Kiu vi estas?" li bojis.

La voĉo de Anthea estis malgranda, kiel folio en granda arbaro. "Mi estas el la pasinteco," ŝi flustris. Sed la rido de la soldato ne estis afabla. Ĝi estis laŭta kaj malica.

Li ne kredis ŝin. "Fabelo por infanoj," li diris. Li kaptis ŝian brakon, kaj lia premo estis forta. Li kondukis ŝin al granda, griza konstruaĵo, alta kaj timiga, kiel monto kiu tuŝas la ĉielon.

La soldato malfermis pezan pordon, kiu faris sonon kiel malnova arbo falanta en la arbaro. Li puŝis ŝin en grandan ĉambron. Ĝi estis malplena, kaj la muroj estis kiel glacio.

La pordo fermiĝis per laŭta bum. Anthea estis sola. La ĉambro estis kvieta, sed ŝiaj pensoj estis laŭtaj. Ŝi sidiĝis sur la malvarma planko. Ŝia robo ne estis sufiĉe varma.

Ŝi pensis pri sia horloĝo, kiu ankoraŭ estis sur ŝia pojno. Ĝi estis ŝia pordo al la pasinteco, ŝia vojo hejmen. Sed kiel ŝi povus uzi ĝin? Ŝi unue bezonis esti libera.

La ĉambro havis malgrandan fenestron, alte supre, tra kiu la luno rigardis enen. La luno estis la sama, ne gravas kiu jaro estis. Tio igis Anthean senti sin iom pli bone.

Ŝi pensis pri siaj amikoj en la rezistado. Ĉu ili estis sekuraj? Ĉu ili pensis pri ŝi? Ŝi sopiris ilin. Ili renkontiĝis nur mallonge, sed ili fariĝis gravaj por ŝi.

Anthea ĉirkaŭprenis siajn genuojn. Ŝi bezonis planon. Ŝi ne estis heroo en rakonto. Ŝi estis nur Anthea. Sed ŝi devis provi. Ŝi devis esti kuraĝa.

Ŝi denove rigardis sian horloĝon. Ĝi estis ŝia espero. Ŝi premis butonon, sed nenio okazis. Ŝi ankoraŭ estis en la ĉambro. Ŝi bezonis pli da tempo. Ŝi bezonis ŝancon.

La nokto pasis. Anthea ne dormis. Ŝi ne povis. Ŝia menso estis plena de planoj kaj zorgoj.

Tiam, la pordo malfermiĝis. Estis mateno. Nova tago. La soldato kun la vizaĝo kiel ŝtono estis tie. "Venu," li diris.

Anthea leviĝis. Ŝiaj kruroj estis rigidaj. Ŝia koro estis kiel birdo en kaĝo, provante eskapi. Sed ŝi sekvis la soldaton. Kion alian ŝi povus fari?

Ili marŝis tra longaj koridoroj. La plankoj brilis, kiel trankvila lago. Ili alvenis al granda pordo. La soldato malfermis ĝin.

Interne estis ĉambro plena de ekranoj. La ekranoj montris la stratojn de Londono. La soldatoj povis vidi ĉion. La buŝo de Anthea estis seka. Tio estis la koro de la diktatoreco.

Viro sidis en granda seĝo. Li turniĝis. Liaj okuloj estis kiel vintra ĉielo: malvarmaj, bluaj. "Kiu vi estas?" li demandis.

La koro de Anthea denove batis kiel tamburo. Ŝi devis esti saĝa. Ŝi devis esti singarda. Ŝi prenis spiron. Estis tempo rakonti sian historion.

Sed en ŝia koro, la eta horloĝo tiktakis. Tempo moviĝis. Tempo ĉiam moviĝis. Ŝi nur bezonis la ĝustan momenton. La momenton premi la butonon kaj reiri hejmen.

La viro atendis. Anthea malfermis sian buŝon por paroli. La rakonto de Anthea kaj la horloĝo estis preta komenciĝi.

1. arbaro - forest
2. birdo - bird
3. boto - boot
4. butono - button
5. ĉambro - room
6. fabelo - story, tale
7. fenestro - window
8. koridoro - corridor, hallway
9. kruro - leg
10. luno - moon
11. menso - mind
12. planko - floor
13. pordo - door
14. singarda - cautious, careful
15. soldato - soldier

La Eskapo

La mano de Anthea estis lerta, kiel muso. Ĝi moviĝis al la horloĝo, ŝia sekreto, ŝia magio.

Ŝi premis la butonon, silente kiel flustro. La ĉambro komencis turniĝi, kiel karuselo. Ĝi rapidege ŝpinis ŝian kapon, igante ŝin sentiĝi stranga.

La pordo subite malfermiĝis, kvazaŭ pro miraklo. Tio ne estis planita. La okuloj de la soldato larĝiĝis, kiel pladoj. Li ne komprenis. "Kio okazas?" li demandis.

Anthea ne hezitis. Ŝi ekkuris, ŝiaj piedoj estis rapidaj kiel la vento. Ŝi eliris tra la pordo, rapide kaj senbrue.

La stratoj estis plenaj de homoj. Ili moviĝis kiel formikoj, irante ĉi tien kaj tien. Anthea serĉis siajn amikojn, la kuraĝajn rezistantojn.

Ŝi trovis ilin en loko kaŝita kaj sekura. Kiam ili vidis ŝin, iliaj vizaĝoj brilis kiel la suno. "Anthea!" ili diris, plenaj de ĝojo.

Ili rigardis la horloĝon, kiu estis malgranda kaj brilanta. Ili ne konis tian objekton. "Kio estas ĉi tio?" ili demandis.

Anthea sentis sin malĝoja, sed ankaŭ certa. "Estas tempo por mi reiri hejmen," ŝi diris. Ŝia koro sciis, ke tio estis vera.

Ŝiaj amikoj estis afablaj. "Ni maltrafos vin," ili diris. Ili ne volis, ke ŝi foriru, sed ili sciis, ke ŝi devis.

Anthea ridetis. "Mi neniam forgesos vin," ŝi diris. Ŝia voĉo estis mola sed firma. Ŝi estis preta diri adiaŭon.

Ŝi premis la butonon denove. La ĉambro komencis turniĝi. Estis tempo forlasi ĉi tiun lokon, ĉi tiun jaron.

Ŝi fermis siajn okulojn kaj pensis pri hejmo. Ŝi forte tenis la horloĝon, sian ŝlosilon, sian pordon al sia propra tempo.

La turniĝo plirapidiĝis. Ŝi povis senti ĝin en siaj ostoj. Estis stranga, sed ankaŭ ĝusta. Ŝi revenis hejmen.

La rezistado adiaŭis. "Ĝis revido, Anthea," ili diris. Iliaj voĉoj sonis kiel muziko, malĝoja sed dolĉa.

Anthea estis kuraĝa. Ŝi venis al ĉi tiu tempo sen scio pri kio atendis ŝin. Ŝi helpis. Ŝi faris amikojn. Nun, ŝi revenis.

La turniĝo haltis. La ĉambro estis trankvila. Ŝi malfermis siajn okulojn. Kion ŝi vidos? Ĉu ŝi estos hejme? Ŝi atendis, ke la mondo estu kvieta, estu trankvila. Ŝi atendis vidi sian hejmon denove.

1. adiaŭo - goodbye
2. amikoj - friends
3. brava - brave
4. ĉambro - room
5. dolĉa - sweet
6. feliĉo - luck, happiness
7. flustro - whisper
8. formikoj - ants
9. hejmo - home
10. karuselo - carousel
11. malĝoja - sad
12. malvarma - cold
13. muziko - music

14. pordo - door
15. strato - street

Reen al Sia Tempo

Anthea rigardis la vizaĝojn de la rezistado. Ili estis kiel herooj el rakonto. "Adiaŭ, miaj amikoj," ŝi diris, ŝia voĉo estis mola.

Ili proksimiĝis al ŝi kaj diris, "Dankon, Anthea. Vi estas kuraĝa. Vi helpis nin." Ili estis dankemaj.

La fingroj de Anthea tuŝis la horloĝon. Ĝi estis malvarma kaj glata. Ŝi premis la butonon denove. Ŝi estis preta foriri.

La mondo komencis turniĝi, kiel en danco, turniĝanta kaj turniĝanta. Ŝi esperis vidi sian hejmon, sian veran Londonon.

Ŝia koro faris salteton. Ĝi estis stranga sento, kvazaŭ fali kaj flugi samtempe. Ŝi moviĝis tra tempo.

Subite, la turniĝo haltis. Ĝi finiĝis. Ŝi malfermis siajn okulojn. Ĉu ŝi estis hejme?

Jes! Ĝi estis ŝia Londono, ŝia tempo. La ĉielo estis griza, la busoj estis ruĝaj. Ĉio estis ĝuste kiel antaŭe.

Ŝi sentis sin sekura. Ŝi estis reen kie ŝi apartenis. Ŝi prenis profundan spiron. Ĝi estis bona aero, ŝia Londona aero.

Ŝi rigardis la horloĝon. Ĝi estis potenca, eble danĝera. Ŝi kaŝis ĝin, kie neniu povus trovi ĝin.

Anthea ridetis. Ĝi estis sekreta rideto, nur por ŝi. Ŝi vojaĝis tra tempo. Ŝi vidis alian mondon. Nun, ŝi estis hejme. Ĝi estis ŝia malgranda sekreto, ŝia granda aventuro. Ŝi marŝis en sia Londono, libera kaj feliĉa. Ŝi havis rakonton, kiun neniu alia sciis. Ĝi estis ŝia rakonto, kaj ĝi estis bona.

1. adiaŭ - goodbye
2. aero - air
3. amikoj - friends
4. aparteni - to belong

5. aventuro - adventure
6. danco - dance
7. danĝera - dangerous
8. dankema - grateful
9. feliĉa - happy
10. flugi - to fly
11. fali - to fall
12. glata - smooth
13. herooj - heroes
14. kuraĝa - brave
15. sekreta - secret

More Esperanto readers

Learn Esperanto with Science Fiction